JINGXIN WUDAO

Yibaige Gushi
De Qidi

静心悟道

曾 经 ······ 主编

曾国平 ······ 撰文

100个
故事的启迪

重庆大学出版社

品悟故事

有一首歌《故事里的事》，歌词里这样写到："故事里的事，说是就是，不是也是；说不是就不是，是也不是！"

一个社会、一个民族、一个地区、一个城市、一个组织、一个家庭、一个人，都有故事，都有许许多多的故事，都有不同的故事！他们、她们、它们，都是由一个个故事组成的！

我喜欢故事！我喜欢曾国平教授讲的故事！

我听过曾教授许多场演讲，不同题目的、相同题目的！我看过曾教授写的不少书籍，也与曾教授合作出版过一些书。我感到，曾教授的演讲，一般都会讲一些故事，绘声绘色，大多数听众喜欢！曾教授写的书，除了学术类书籍外，每本书都有一些故事，引人入胜，大多数读者喜欢。

这些故事，有的是曾教授引用的，也有的是他自己编撰的。

这些故事，有长有短，但大多数都具有哲理性、趣味性、可读性、启迪性，甚至有的故事有一定的"禅意"。至少，我听了、看了这些故事，是有收获的、有所启迪的！

于是，在征得曾教授的同意后，我将曾教授演讲和书中的一些故事收集整理了100个（虽然远远不止100个），并请曾教授对这 100 个故事以"有感而发"的随笔形式谈一些他的体会和感想。读者从中也能体会出曾教授为什么在他的演讲中、书籍中要引用这些故事，能看出他引用这些故事想说明一些什么问题。

静心方可悟道，笃行始达至善！

心悟成佛，心迷成魔！

静下心来读一读这些故事，或许能悟出一些道理来。慢慢品一品曾教授的随笔感想，或许真有一些味道，至少，我感到是正能量满满！

一千个人的眼睛中，有一千个哈姆雷特！一万个人的感受中，有一万个对这些故事的理解！曾教授的"有感而发"，也只是这"千之一""万之一"而已！

习总书记多次讲了，要讲好中国故事！

中华文化博大精深！在这些文化故事中，有中华优秀传统文化的故事，有中国革命文化的故事，有社会主义先进文化的故事，这都是我们自己的故事！我们有责任把它们讲好！

曾　经

2017 年 5 月于重庆大学城

目录

Contents

Contents

Contents

Contents

Contents

Contents

STORY

1 曾国藩的处世哲学

曾国藩的处世哲学中，第一个是"每逢大事有静气"。

曾国藩年轻时在官场沉浮，难免有心浮气躁之时，便向理学名臣唐鉴先生请教。唐鉴送了他一个字，这个字是什么？"静"。

心静下来，就能处理各种纷乱的军国大事。

从那时起，曾国藩每天都要静坐一会儿，许多为人处世、治学从政的体会和方法便都由此悟得。尤其在遇到重大问题时，他更是不轻易作出决定，总要通过几番静思、反复权衡之后，才拿出一个主意来。

曾国藩为让气氛更宁静些，在静思时，还往往点上一支香。

每每见到这种情况，家人有再大的事也不会去打扰他。

有感而发

人常说：静心方可悟道，笃行始达至善。

有人也说了：现代的社会，有些浮躁之气。

一些学生在学校时，不能静心多读点书，待到毕业后，忙于工作，忙于表现，忙于成家，忙于生育子女，能静下心来读书的时间更少。所以，我对自己的博士、硕士研究生讲，在校期间一定要静下心来多读书，在学校是"挖金矿"的时候，切莫虚度了大好时光。

一些地方领导，不愿意静下心来为本地发展打基础，不能着力布局中长期发展规划，而是急功近利，做表面文章，搞什么政绩工程。到头来，害了百姓，坑了社会，损了国家。

一些企业老总，不愿意静心研究新产品开发、传统产品改造，不愿意精益求精打造品牌，不愿意静心搞好内部管理，不能静心提高企业和员工的素质素养，而是投机取巧，搞一些歪门邪道。不单使企业得不到发展，也不利于社会、客户、股东和员工。

一些员工，不能静心工作，不在爱岗敬业上下工夫，不能脚踏实地做好本职工作，不能担当责任，不努力提升执行力，心比天高，是不能成为合格的、优秀的员工的。

整个社会，需要生龙活虎、生动活泼的局面，需要热气腾腾的氛围，但是，也需要再静一些的环境。社会上的各种人士，要再静心一些，去掉浮躁之气。

同时，处理人际关系也是如此。情绪失控的人往往是静不下来的。我在"中华传统文化与处世哲学"的演讲光盘中，用很大的篇幅讲了曾国藩关于静的处世哲学。静，高居曾国藩十大处世哲学之首。

2 小和尚悟道

从前，在高高的山上，有一座和尚庙，香火很旺，不少人到和尚庙去当和尚，跟着方丈修行悟道。有的人天生聪慧，跟着方丈很快悟出大道；有的人天生蠢笨，一辈子都悟不出什么道来。

一天晚上，一个小和尚在半夜三更突然坐起来大喊大叫："我悟了，我大悟了，我大彻大悟了！"

半夜三更，万籁俱寂，小和尚这一喊叫，把其他的和尚都惊醒了。他们坐到小和尚周围，问他："小和尚，你半夜三更大喊大叫'悟了，大悟了，大彻大悟了'，你悟出什么来了，我们想听听！"

小和尚回答说："我日思夜想、朝思暮想、苦思冥想，今天晚上豁然开朗，我终于悟出一个非常非常深刻的大道理。"

众和尚都惊呆了：人家当和尚一辈子都没能够悟出大道，他小小年纪，没有当几天和尚，就悟出非常非常深刻的大道，

06　太不简单了。"那你快说吧，你悟出什么大道理了，不要卖关子了，我们都想听！"

小和尚说："我终于悟出来了，尼姑原本是女人做的！"

众和尚一听，大失所望："这还要你说？谁人不知？谁人不晓？我们还知道，和尚原本是男人做的。睡觉！你这个神经病！半夜三更大喊大叫，什么大彻大悟，原来就悟出了这个玩意儿！"

第二天，小和尚找到方丈，与方丈有这样一番对话：

"方丈啊，从今天开始，我不再修行悟道了。"

"那你要干什么呀？"

"我要下山去云游四海！"

"为什么？你修行悟道不是好好的吗？"

"我日思夜想、朝思暮想、苦思冥想，昨天晚上豁然开朗，我终于悟出一个非常非常深刻的大道理，所以不再修行悟道，我要下山云游四海。"

方丈听后惊呆了：人家一辈子都悟不出大道，他小小年纪却能悟出大道，不得了。"那你快说吧，悟出了什么大道，方丈也想听听。"

小和尚对方丈说："我终于悟出来了，尼姑原本是女人做的！"

方丈听了怎么着？只见方丈略加思考，轻轻点头，微微一笑，说了："嗯，你终于悟道了！"于是，同意小和尚不再修行悟道，可以下山云游四海。

小和尚背着铺盖卷下山云游了。其他和尚见此状，大惑不解："方丈啊，他就悟出个'尼姑原本是女人做的'，您就让他不再修行悟道，为什么呢？"

方丈正色着对众和尚说："他连'尼姑原本是女人做的'都悟出来了，还有什么悟不出来的，一悟百悟啊！"

众和尚听了，一头雾水，大惑不解。

有感而发

有人说，学富五车，不如人生一悟。也有人说，人的知识、能力到了一定的程度，差别主要就在悟性了。

什么是悟性？人们需要悟什么？

悟，明白，觉醒。我之心，循道而入，明道而得。

悟，必须用心，特别是要静心；悟，是自我而至；明白了，到了真我之境界。

有人说，人的一生，就是悟的一生！悟什么？悟道！悟出各种各样的道，悟道理、哲理、事理、情理、原理、条理、心理、禅理、管理、真理……

思悟、参悟、觉悟、感悟、领悟、醒悟、顿悟、禅悟，豁然开朗、恍然大悟！

08 　　大多数人悟道，不可能都能悟出航空母舰、航天飞机，而是在日常生活、学习、工作的细小之事中，悟出一些道理来。

　　悟简单而至深刻，如同"尼姑原本是女人做的"一样。

　　学生在学校不要迟到、早退、逃课，要好好读书；一个老师就应该把书教好；一个医生就应该把医务做好；一个驾驶员就不能酒后驾车；一个员工就应该爱岗敬业，做好本职工作；一个企业家就应该诚信经商，不要生产假冒伪劣商品；一个官员就应该勤政廉洁，不要贪污腐败。这些道理并不复杂，并不深奥，跟"尼姑原本是女人做的"是一样的道理，但是，就有不少学生、老师、医生、驾驶员、员工、企业家、官员，连这么浅显的道理也没有悟出来呢！

3 慧能之禅悟

传说南北朝时，五祖弘忍大师渐渐地老去，于是他要在弟子中寻找一个继承人，所以，他就对徒弟们说，大家都作一首有禅意的诗，看谁作得好就传衣钵给谁。

大弟子神秀，十分优秀，是大家公认的禅宗衣钵的继承人。

神秀很想继承衣钵，但又怕因为出于继承衣钵的目的而去作这首诗，会违背佛家无为而作的意境。所以，他就在半夜起来，在院墙上写了一首诗："身是菩提树，心为明镜台。时时勤拂拭，勿使惹尘埃。"这首诗的意思是，要时时刻刻地去照顾自己的心灵和心境，通过不断地修行来抗拒外面的诱惑和种种邪魔。这是一种入世的心态，强调修行的作用。而这种理解与禅宗大乘教派的顿悟是不太吻合的。

第二天早上，大家看到这首诗的时候，都说"好"，而且都猜到是神秀作的，很是佩服。五祖弘忍看到了以后没有作任何的评价，因为他知道神秀还没有顿悟。

这时，当庙里的和尚们都在谈论这首诗的时候，被厨房里的一个火头僧——慧能禅师听到了。慧能当时就叫别人带他去看这首诗。慧能是个文盲，不识字。他听别人说了这首诗，当时就说："这个人还没有领悟到真谛啊。"于是，他自己又做了一首诗，央求别人写在了神秀那首诗的旁边："菩提本无树，明镜亦非台。本来无一物，何处惹尘埃。"

慧能的这首诗很契合禅宗的顿悟的理念，是一种出世的态度。这首诗的意思是，世上本来就是空的，看世间万物无不是一个空字，心本来就是空的话，就无所谓抗拒外面的诱惑，任何事物从心而过，不留痕迹。这是禅宗的一种很高的境界，领略到这层境界的人，就是所谓的开悟了。

五祖弘忍看到慧能写的这首诗以后，问身边的人是谁写的，身边的人说是慧能写的。于是，五祖弘忍叫来了慧能，当着他和其他僧人的面，说他写得乱七八糟，是胡言乱语，并亲自擦掉了这首诗。然后，在慧能的头上打了三下就走了。这时，只有慧能理解了五祖的意思，于是，他在晚上三更的时候去了弘忍的禅房。在那里，弘忍向他讲解了《金刚经》（佛教最重要的经典之一）并传了衣钵给他。为了防止神秀等人伤害慧能，弘忍让慧能连夜逃走。于是，慧能连夜远走南方，隐居多年之后在莆田少林寺创立了禅宗的南宗。而神秀在第二天知道了这件事以后，曾派人去追慧能，但没有追到。后来，神秀成为梁朝的护国法师，创立了禅宗的北宗。

慧能在广州法性寺（今光孝寺）也有一件有趣逸事：一天，风扬起寺庙的旗幡，两个和尚在争论到底是"风动"

还是"幡动"？慧能说："既非风动，亦非幡动，仁者心动耳。"

　　慧能在岭南时长住曹溪宝林寺，弘扬"直指人心，见心成佛"的法门。他主张佛性人人皆有，创"顿悟成佛"说，所谓"心悟成佛，心迷成魔"，一方面，使烦琐的佛教简易化；另一方面，使印度传入的佛教中国化，使之符合中国国情，为大众所接受。因此，他被视为禅宗的真正创始人，亦是真正的中国佛教的始祖。

有感而发

　　在我国，信仰宗教是有自由的，但并不是人人都信佛。我也是一个不信宗教之人、不信佛之人，但是，多年前，应重庆市统战部的邀请，我曾经为重庆市宗教界的"领袖们"作过两次演讲，其中一次是讲"宗教与和谐社会"。

　　我看过佛教、道教、伊斯兰教、天主教、基督教的一些教义。真正的宗教，也是劝人行善的。

　　我之所以也看一些佛教的东西，不仅仅因为佛教劝人行善，而且在它的教义中，有许多哲理性很强的东西，有许多充满了辩证法的思维。

　　禅、禅悟，在佛教领域中是很高深的东西。

　　什么是"禅"？有人说，是不言而悟，说出来的东西

12　　就不是禅了。

　　"禅"本是梵语，音译为禅，谓洞达禅。禅的本意是静虑、冥想。禅那，汉译静虑，即于一所缘境系念寂静、正审思虑，从而觉悟、觉醒。

　　禅，佛教指静思，如坐禅、参禅、禅心、禅机、禅学、禅悟、禅定、禅宗。"禅"是佛教禅宗的一种修持方法，其中有祖师禅与佛祖禅（如来禅、清净禅）的区别。作禅，就是在"定"中产生无上的智慧，以无上的智慧来印证，证明一切事物的真如实相的智慧。

　　徐自华说了："诗心近觉能禅悟，傲骨拼教与俗违。"

　　禅到好处，几乎处处皆禅！内心和谐，自我和谐，就是一种"禅"。我们有宗教信仰自由，但不是要大家都"禅起来"，不是要"全民皆禅"，也不是"全民参禅打坐"。我们认为，可用"禅理"调整我们的心态，让内心和谐，还可以以禅而悟。

　　五祖、六祖、神秀，皆有禅意。还有前面讲的故事"尼姑原本是女人做的"，也禅意浓浓。

　　有人说：现代生活，处处有禅！事事有禅意，只要留心留意！

　　现代人，怎样把简单的东西悟出深刻的道理出来，其实也就"禅"了，"禅悟"了。

4　悟空之悟

《西游记》第一回"灵根育孕源流出，心性修持大道生"和第二回"悟彻菩提真妙理，断魔归本合元神"就有对石猴悟道的精彩描写。

却说这石猴历经千辛万苦，经樵夫指路，来到方寸山三星洞，拜菩提祖师为师，学道。

石猴在洞中待了七年，只是打柴、扫洗。

一日，菩提祖师对他讲："想是七年了，你今要从我学些什么？"

悟空道："但凭尊师教诲，只是有些道气儿，弟子便就学了。"

祖师问悟空可学"术""流""静""动"，悟空都连说不学、不学。祖师闻言，"咄"的一声，跳下高台，手持戒尺，指定悟空道："你这猢狲，这般不学，那般不学，却待怎么？"走上前，在悟空的头上打了三下，倒背着手，走入里面，将中门关了，撇下大众而去。

当晚约子时前后，悟空来到祖师寝榻之下跪等。等到祖师醒来，对悟空喝道："这猢狲，你不在前边去睡，却来我这后边作甚？"

悟空道："师父昨日坛前对众相允，教弟子三更时候，从后门里传我道理，故此大胆径拜老爷榻下。"

祖师听说，十分欢喜，暗自寻思道："这厮果然是个天地生成的！不然，何就打破我盘中之暗谜也？"

于是，祖师传了悟空长生不老之大道，传了他七十二般变化，传了他上天入地下水之本领。加上悟空本就悟性高，一一学会，才有后来的大闹天宫做出惊天动地的事，才有舍生忘死、降妖伏魔保唐僧西天取得真经的大本领。

有感而发

还是在我十一二岁的时候，我就开始读中国的古典小说，《三国演义》《水浒传》《西游记》等。可惜我生长在我国西部地区的一个小镇上，读初中、高中都是在镇上的县办中学，没有多少书可以看，最能看的、最可以看的、最喜欢看的也只有这样几本，我深感自己的文学功底不扎实。

这些古典小说的人物中，我特别喜欢孙悟空，而且总希望长大了能有孙悟空的本事。

孙悟空以前是一个石猴，但却很有灵性，悟性很高，菩提老祖在他的头上敲三下，倒背着手走了，这石猴居然能悟了出来，的确神奇。

显然，首先是菩提老祖教得好，这是外因，但根本的还是因为石猴的悟性高，才解开了菩提祖师的暗谜；其次是祖师见他悟性高，才愿意把真才实学的大本事传给他；再者也只有他悟性高，那么难的绝学才能学到手。到三星洞学道的那么多人，有的比石猴先到，有的比石猴后去，一样的祖师，一样的去学道，为什么只有石猴才能学到真正的大本事？在其他条件都具备的情况下，孙猴子极高的悟性起了决定性的作用。

今天，一个人的悟性也特别重要。既要勤奋努力，还要悟性高。兼备二者，成功可期！

5 放下

两位禅者走在一条泥泞的道路上，到一处浅滩时，看见一位美丽的少女在那里踯躅不前。这是由于美少女穿的是丝绸的罗裙，使她无法跨步走过泥泞的浅滩。

"来吧，小姑娘，我背你过去。"师兄说完，把少女背了起来，过了浅滩，然后把美少女放下来，转身与师弟一起继续前进。

师弟跟在师兄后面，一路上心里不悦，但他默不作声。

晚上，住到寺院里后，师弟忍不住了，终于对师兄说："我们出家人要守戒律，不能亲近女色。你今天为什么要背那个女人过河呢？"

师兄听了后对师弟说："呀，你说的那个女人啦，我早就把她放下了。你怎么还挂在心上，不能放下呢？"

有感而发

放下的深意，其实主要来自佛教的用语环境。

关于放下的故事很多。

佛陀在世时，有一位名叫黑指的婆罗门来到佛前，运用神通，两手拿了两个花瓶，前来献佛。

佛陀对黑指婆罗门说："放下！"

婆罗门把他左手拿的那个花瓶放下。

佛陀又说："放下！"

婆罗门又把他右手拿的那个花瓶放下。

然而，佛陀还是对他说："放下！"

这时黑指婆罗门说："我已经两手空空，没有什么可以再放下了，请问现在你要我放下什么？"

佛陀说："我并没有叫你放下你的花瓶，我要你放下的是你的六根、六尘和六识。当你把这些统统放下，再没有什么了，你将从生死桎梏中解脱出来。"

这时婆罗门才理解了佛陀放下的道理。

有学者讲：佛说的"放下"，不是放弃家庭、职业、事业、友情、爱情、亲情……这些并不需要放弃，放下的仅仅只是心中的执念而已。六尘、六识、六根，是制造幻境的根本。悟透缘起性空，身心彻底解脱，拿起也是放下。"本来无一物，何处惹尘埃。"

静慧大师说："学佛几十年，我对佛教最重要的体会只有六个字——看破、放下、自在。"

所谓的放下，就是去除你的分别心、是非心、得失心、执着心。万物皆为我所用，但非我所属。我们要抛弃的是一切的执着，淡泊、明心、致远，放下贪、嗔、痴，不绝望于人生的苦，也不执着于人生之乐。

18 　　有人说得好：放下赢得人生。

　　有位学者说得很好：放下过去，得到未来；放下羁绊，得到自由；放下愚昧，得到智慧；放下忧伤，得到快乐；放下痛苦，得到幸福；放下面子，得到尊严；放下压力，得到解脱；放下自卑，得到自信；放下懒惰，得到勤奋；放下消极，得到积极；放下抱怨，得到安慰；放下犹豫，得到果敢；放下狭隘，得到宽容；放下怀疑，得到信任；放下小我，得到大我……有多少放下，就会有多少得到。

　　放下看似舍，其实却是得。

　　放下原来拥有的，可能就会得到新的东西。要想得到新东西，可能就要放下原来已经拥有的。一切都不想放下，那就可能什么都得不到！

　　最典型的流行语：放下包袱，轻装上阵。

　　《四大名捕2》的主题曲名为《放下》（作曲：陈嵩；填词：丁丁张；原唱：胡夏），歌词很美，也很有禅意，比如："一只手，握不住流沙；两双眼，留不住落花。千只雀，追不上流霞；万只蝶，抵不过霜打。"

　　我们需要追求卓越，也需要放下一些东西。该放下的就放下吧，可能就不会活得那么累，可能就会更幸福！

6 佛法大意

据说，有一天白居易向鸟巢禅师请教："大师，佛法的大意是什么？"

鸟巢禅师答道："诸恶莫作，众善奉行。"

白居易听了，不以为然，说："这个就是佛法？三岁的小孩都会这样说的！"

鸟巢禅师对白居易说："虽然三岁的小孩子也说得出，但未必八十岁的老翁能够做得到！"

白居易听了鸟巢禅师的话，深以为然，心中服膺，便施礼退下了。

有感而发

人说，佛法无边！

"佛法"一词，含义极广。

佛法，佛所说之教法，包括各种教义及教义所表达之佛教真理。

20

佛法，是让人们认识思想、摆脱思想束缚、进行自由创造的教学观照体系。

佛法，佛教导众生之教法。

佛法，佛所得之法，即缘起之道理及法界之真理等。

佛法，佛所知之法，即一切法。

佛法，佛所具足之种种功德。

佛法的大意是劝人行善莫作恶。这个道理很简单，也很深刻，颇有禅意。这样的道理也是人尽皆知的。比如行善，知道是一回事，去不去做，又是一回事；知道了，去做了，能不能持久地做下去，则是另一回事。

2016 年，我曾经到云南昭通去为几百名党政干部作"中国宏观经济形势分析"的演讲，就与该市的主要领导同志有一番交流，有位领导同志说：教授，您讲的理论都是对的。但是经济的问题，"知易行难，变现更难！"对这位领导的这段话，我深以为然！

7 求人不如求己

传说，佛印禅师与苏东坡同游灵隐寺，来到观音菩萨像前，佛印禅师合掌礼拜。

忽然，苏东坡问了佛印禅师一个问题："人人都念观音菩萨，但为何观音菩萨也和我们一样，挂着一串佛珠，观音菩萨他又是在念谁呢？"

佛印禅师说："他在念观音菩萨。"

苏东坡有些不解："为什么观音菩萨要念自己？"

佛印禅师说："求人不如求己！"

有感而发

求人不如求己，观音菩萨尚且如此，我们常人更不用说了，没有比自己的双手更可靠的了。

当今社会，人与人之间的联系越来越紧密，人与人之间的合作越来越加强。谁也不能离开谁单独生存与发展，万事不求人是不可能的。

22

人与人之间要强化协同合作，但并不等于什么事都要依赖别人。它体现的是一种自尊、自强、自立的人生态度，一种自力更生、丰衣足食的精神。

在人们的生活、工作、学习中，难免会遇到各种各样的困难。很多人在遇到困难时，首先想到的就是求助于别人，但却忘记了自己。当然，我们不能排除找别人帮忙的选项，但其实，更多的时候我们应该从自己身上找出路，首先是自己多想办法，多开发自己的潜力。

就算是找别人帮助、帮忙，最终还是要靠自己去解决问题。

8 把杯子空出来

一位在大学里教授禅学的教授，发表过一些关于禅的论述，写过关于禅的一些书籍，自以为对禅有了很高深的研究。一天，他带着几分不屑一顾的神态去请教南隐禅师，问禅师："什么是禅？"

南隐禅师见此状，对教授仍是热情地以茶相待。

只见禅师将水注入来宾的杯中。杯子已经满了，但南隐禅师却似乎并没有发觉，而是继续往杯子里注水。

望着茶水溢出杯来，满桌都是，教授急忙用纸巾擦水并对南隐禅师说："禅师，杯子满了，茶水已经漫出来了，不要再倒了。"

南隐禅师停下来，对教授说："是啊，水杯装满了，不能再装水进去了！"

教授突然一愣，马上醒悟过来："其实，我就像这只杯子，头脑里装满了对禅的看法和想法，自以为是，带着这般心态来问禅，实在惭愧！我应该先把自己的杯子倒空了再去装水啊！"

有感而发

知识无边，学海无涯！

山外有山，人外有人，天外有天！自古高人在民间！

教授、博士，也只是在某一些领域有一些见识，也不是全才！就算是专业方面，世上也还有高手高人！

教授先入为主，总认为自己在佛学、禅学方面比别人厉害，其实，在禅学方面，不少得道高僧才是高人呢！

好在教授悟性很高，很快悟出了高僧满杯、空杯的禅意，也是难能可贵的。

9　天堂与地狱

有一位武士向白隐禅师问"道"。

武士问："天堂和地狱有什么区别？"

白隐反问："你乃何人？"

武士答："我是一名武士。"

白隐听后笑道："你这粗鲁之人也配向我问道？"

武士勃然大怒，随手抽出佩剑，朝白隐砍去："老匹夫，看我宰了你！"

眼看佩剑就要落在白隐头上，白隐却不慌不忙轻声说道："此乃地狱。"

武士猛然一惊，然后若有所悟，连忙丢弃佩剑，双手合十，低头跪拜："多谢师父指点，请原谅我刚才的鲁莽。"

白隐又微笑着说道："此乃天堂。"

有感而发

天堂在哪里？地狱在哪里？

唯物主义者是不信天堂、地狱的！

如若真有天堂，真有地狱，就如同老禅师所示，亦如武士所悟，冲动是魔鬼，一句话不对劲，就冲动，伤害他人，那不就是进了地狱？

其实，这种情况古今中外多的是。一些战争，甚至是大规模的战争，也就是为一些不太大的事和言语，就让无数无辜的人丢了性命，地狱的门真的是为这些战争贩子大开着的呢！

能够弃恶从善，能够浪子回头，能够知错就改，甚至是痛改前非，能够从此行善，当然就是进了天堂。

而且，能够悟到善意良言，听得进去正能量的东西，也是进了天堂！

正所谓：心悟成佛，心迷成魔！

10 礼物

一位禅师在旅途中，碰到一个不喜欢他的人。连续好几天，那人用尽各种方法污蔑他。

最后，禅师转身问那人："若有人送你一份礼物，但你拒绝接受，那么这份礼物属于谁呢？"

那人回答："属于原本送礼的那个人。"

禅师笑着说："没错。你刚才送给我的礼物，我可没有收呢！"

那人一听，若有所思，反应过来了，惭愧不已！"人家不接受我的谩骂，那我不就是在骂我自己吗？"

有感而发

力学中，有作用力与反作用力相等的说法。

在社会生活中，在人与人的交往中，当一个人污蔑了别人，其实在他心灵的一张白纸上，就多了一个污点。因为他要污蔑别人，就要说假话、谎话，也就玷污了自己洁白的心灵。

28 　　一个人谩骂别人，其实也是在谩骂自己，因为那些脏话从自己的口中不断涌流出来，也就污染了自己的嘴，更是污染了自己的心灵。

　　所以，有时有人打别人一下，虽然别人因为被打而感到疼痛，但打人的人自己的手也感到疼痛。就算你是用器械打的别人，你的手没有直接感受到疼痛，但其实，这个时候反作用力也会从你所使用的器械上传导到你的身体和心灵。

　　更何况，谩骂、污蔑别人，而别人不接受你的谩骂和污蔑，这不等于是自己在谩骂、污蔑自己吗？

　　更何况，人生在世，难道你就能够保证你不被别人谩骂和污蔑吗？将心比心，何必要挖空心思去谩骂、污蔑别人呢？

11　只因绳未断

民国初年，有一个自恃聪明的年轻农夫在村里闲逛时，偶然看到一头疯牛被人用粗绳拴在树上，似乎很痛苦。

他灵机一动，想到了旁边的寺庙里有一僧人似有道行，便想去试探一下。

入庙后，见僧人正在树下打坐，他便走上前打个招呼，并依刚才所见随口问道：

"阿弥陀佛！为何团团转？"

没想到僧人头也没抬，依然入定模样，口中却念念有词：

"阿弥陀佛！只因绳未断。"

农夫大惊，忙问道："大师怎么知道我在问什么？"

"我并不知道你在询问何事。"僧人摇头说，"但我知道整天晕头晕脑团团转的，无论人神鬼畜，都是被什么东西羁绊住了，不是绳子绞索，就是名利贪欲。"

农夫有些迷糊，可似乎又有些醒悟。他嘟囔说："大师，我说的是牛，它被人拴在树上，所以团团转。"

"万事一理。你说的是牛，我说的是万事。"大师睁开眼，微微笑道，"不论是牛，还是人，只要过于执着，便犹如上了套，团团转就是必然的了。越贪婪，所执的东西越荒诞，团团转的程度就越深。如此下去，牛会成疯牛，人会成疯人，最终堕至阿鼻地狱。如此而已。"

有感而发

我们需要执着！

我们需要执着的精神！

我们需要咬定青山不放松！

但是，执着也要视情况而定。

第一，要看所执着之物是对还是错，该不该执着。比如，对科学研究，有执着的精神，甚至是偏执，就容易出成果，甚至是大成果。对事业的执着追求，社会是提倡的、支持的！但是，有的执着就犯不着了，反而会给自己留下痛苦。比如，某个女孩已经明确表明，甚至是多次明确表明不爱你了，甚至人家已经有男朋友了，甚至都已经与别人结婚了，但有的人还不放下、不放手，还是要去死缠烂打，这至少是很不明智的了。

第二，有的事，执着到一定时间、程度，情况发生了变化，再执着也无益，就要果断地放弃。这可能更明智，也是另类执着。

总之，执着于某人某事，要视具体情况而定，利弊互现。

但是，有许多人往往是给自己套上了无形的枷锁，缠绕了无形的绳索，在功名利禄面前不能自拔、不能解脱，在心魔里不能解放，甚至越陷越深，最终害了自己！

12 国清寺的传说

这是浙江台州附近的一座佛教寺庙，据说有400多年的历史了。

一天，一个叫寒山和一个叫拾得的僧人有这样一番对话：

寒山问拾得："世间有人谤我、欺我、辱我、笑我、轻我、贱我、恶我、骗我，如何处之乎？"

拾得曰："只是忍他、让他、避他、由他、耐他、敬他、不要理他，再待几年，你且看他。"

有感而发

有一次，我到北京去演讲，在飞机上的杂志中看到了这一段文字，感到很是奇怪，特别是最后一句话："你且看他"，一直参不透！

经过多次、多时的冥想，还真想出了一些道理：

第一，你对我这么不好，我还是要对你好，久而久之，你且看他，他会转变的。

第二，你对我这么不好，我反而要对你好，结果你还是对我不好，也不转变。你且看他，看他有什么好下场！

第三，我对你这么好，你可能对我还是不好，也可能有所转变。你且看他，那都是你的事，反正我要对你好！

后来，在一次对局级和处级干部班演讲时，我讲到了这个话题，有一位人事处长下课时对我讲，这事是发生在庙里面的，有因果。

我一下也明白了一些道理，正所谓：善有善报，恶有恶报。不是不报，时机未到。时机到了，一定要报！

不信？你且看他！

13 一滴水

佛祖释迦牟尼对弟子说：一滴水放到沙漠里很快就干涸了。

佛祖释迦牟尼考问他的弟子："一滴水怎样才能不干涸？"弟子们都回答不出。

释迦牟尼说："把它放到江、河、湖、海里去，它可能永远都会存在。"

有感而发

我在做团队与团队精神建设的时候，多次讲过这个小故事。

佛祖释迦牟尼对弟子说的这一滴水，是放在沙漠里不干涸，还是放在江、河、湖、海不干涸，这个道理其实很简单，也很明白。但是，具体到一个组织、一个团队，很多人就不明白、不清楚了。

小成功靠个人，大成功靠团队！

失败的团队中严格说来没有成功者，成功的团队中严格说来没有失败者。

在一个优秀的团队里，一个人更有归属感，更有安全感，更有荣誉感，更有成功的机会，更会相互帮助、协同合作以取得更大成功的可能性。

一滴水，把自己主动融入江、河、湖、海，成为江、河、湖、海中的一分子，这时，这滴水就是江、河、湖、海！

一个人，把自己主动融入一个团队，并共同努力建设这个团队，让团队优秀、卓越起来，这样，自己也就同时优秀、卓越起来了！

14 洗钵去

唐代时，有一位参学禅法的僧人不远千里，来到赵州观音院。早饭后，他来到赵州禅师身前，向他请教："禅师，我刚刚开始寺院生活，请您指导我什么是禅？"

赵州禅师问："你吃粥了吗？"

僧人答："吃了。"

赵州禅师说："那就洗钵去吧！"

那位僧人听了赵州禅师的这句话，似有所省悟。

有感而发

禅，其实就是把很简单的东西悟出深刻的道理来。

简单的，往往是深刻的；复杂的，经常是肤浅的。

吃完了粥，做什么呢？就该去洗钵，这再简单不过了，该做什么就去做什么，本来就是如此。事情很简单，道理也很简单。但是，有很多人就是不明白这个道理。

父母生了孩子，接下来该做什么？就该花心思和精力去教育孩子，并且要把孩子教育好。子不教，父之过。

学生到了学校，坐到教室里，接下来该做什么？就该认真读书学习，并且把书读好。

老师在学校里，该做什么？把学生教育好，教书育人，让学生成人成才。教不严，师之惰。

老总办起了企业，接下来该做什么？把企业经营管理好，让员工在企业生存发展中愉快地度过一生，有一个安身立命的地方。

如此等等，太多太多，都如禅师说的："吃完粥就洗钵！"

15 唤醒良知

有一位得道高僧，住在深山中继续修行。

有一天，高僧见月色很美，就趁着月色到林中散步。不料，他回来时，发觉自己的茅舍正在遭小偷的光顾。

高僧怕惊动小偷，一直在门口等待，他知道小偷在他这儿不可能找到任何值钱的东西，就把自己的外衣脱掉拿在手上。

找不到任何财物的小偷离开时，在门口遇到了高僧。

高僧说："你走这么远来探望我，总不能让你空手回去呀！夜凉了，你穿上这件衣服走吧。"说着，就把外衣披在小偷身上。小偷低着头走了。

第二天，这位得道高僧看到他披在小偷身上的外衣被整齐地叠好并放在门口。

有感而发

众人要做到老禅师那样，有他那样的境界，的确很难很难！

在人生的旅途中，我们会遇到不少小偷、大偷、大盗，甚至是很可恶的人，有的是误入迷途，会因为什么事幡然醒悟，痛改前非；有的则是恶习不改，屡屡再犯，甚至越犯越错，错越犯越大。有的人甚至进了牢狱。

怎样对待这些人？

让我们像故事中的禅师那样，用一颗善良的心去唤醒他们心中的良知吧。

对初犯者，对误入歧途的人，不歧视，不抛弃，教化、感化、转化他，这样，对他本人和对社会都有好处。

对那些惯犯，甚至进了监狱的人，除了法律惩戒外，我们的社会、我们的社会有识之士，也要用一颗善良的心去对待他们。挽救他们，这是上策。拉他们一把，对社会的危害可能就小一些，甚至可能消除危害。

人的一半是天使，一半是魔鬼。用老禅师那样善良的心，让人人都成为天使那该多好！

尽力而为吧！

16 善与恶

南山和尚有两名弟子。一天，大弟子外出化缘，得了一担鲜桃，他挑着桃儿乐滋滋地往回赶。路过李家庄时，大弟子内急，就把桃子放在树下，然后找地方方便去了。回来时，见一大群人正围在树下吃桃子，大弟子大喊："那是我的桃子，不许吃。"听到喊声，人们"哄"的一声散了。

回到寺里，大弟子向南山和尚抱怨："李家庄的人太可恶了，居然偷吃桃子。"南山和尚慈祥地笑了："不怪他们，愿佛祖保佑他们平安。"

过了一阵子，二弟子下山化缘，一不小心摔伤了腿，倒在了李家庄的村口。村民发现了，就把二弟子抬回家中，还请来医生给他治疗。伤好后，二弟子回到寺里，把经过告诉了南山和尚。

南山和尚笑了，他问大弟子："你还说李家庄的人可恶吗？"

大弟子挠着头，说："上次是挺可恶的，这次怎么友善了呢？"

南山和尚说："大善大恶的人，毕竟是少数。大多数人，都和这李家庄的村民一样，是些普通人。他们既有小善，也有小恶。你给他一个善的契机，他就表现为善；你给他一个恶的契机，他就表现为恶。所以说，对恶要原谅，对善要引导。你把一担桃子丢在树下不管，还怪别人偷吗？"

有感而发

人上一百，形形色色。但是，这个社会，善良的人还是居多，好人还是居多。

所谓大善之人有小恶，大恶之人有小善。善中有恶，恶中有善。好人不是每时每刻都好，坏人不是每时每刻都坏。

而且，善恶也不是一成不变的。为什么有的人，一辈子都是好人，但到了临退休时，才来个"59岁现象"，晚节不保；而有的人，也可浪子回头，变好了起来。其中，大多是受环境、机会等多种因素的影响。

一个社会、一个组织（企业、机关、学校、医院）、一个家庭，都要营造良好的氛围，正能量满满的环境，就是让人们从心底里就有善良的素养；还要为人们提供行善的机会，经常行善，养成习惯，风气就好，善就大于恶、战胜恶。反之，有意无意造成人家作恶的可能，形成了作恶的土壤，不要说本来就有恶意的人，就是好人也可能变坏，善也可能成恶了。

17 小孩的心

有一位单身女子刚搬了家，发现隔壁住了一户穷人家：一个寡妇与两个小孩子。

有一天晚上，忽然停了电，单身女子只好自己点起了蜡烛。一会儿，听到有人敲门。

原来是隔壁邻居的小孩子，只见他紧张地问："阿姨，请问你家有蜡烛吗？"

女子心想：他们家竟穷到连蜡烛都没有吗？千万别借给他们，免得被他们依赖了！

于是，对孩子吼了一声说："没有！"

正当她准备关上门时，那个小孩展开关爱的笑容说："我就知道你家一定没有！"

说完，他竟从怀里拿出两根蜡烛，说："妈妈和我怕你一个人住又没有蜡烛，我带两根来送你。"

女子自责，感动得热泪盈眶，将那小孩子紧紧地拥在怀里。

有感而发

虽然这个社会好人居多，虽然这个社会正气为主，但是，一些现实和网络上的欺诈行骗案例，使不少人的胆子小起来了，害怕了。

比如，教育孩子不要与陌生人说话，陌生人敲门不要开，陌生人给的东西不要吃；老人摔倒了，不要去扶。甚至到连熟悉的同学、同事、老乡也不敢相信的地步。

信任危机才是最大的危机！

有人说，现在还敢相信谁？

尽管如此，我仍然坚信，社会上的人，好人还是居多！

但同时，在信任方面的教育应该强化，特别是不要让小孩的心灵被侵蚀殆尽！

18 木碗

夫妇二人收工回家，见小儿子在房门边用小刀削一木块，甚觉好奇，便问小儿子："儿子，你在削什么？"

小儿子回答："削木碗。"

又问："削木碗干什么？"

儿子回答："等你们老了，今后给你们吃饭用。"

夫妇二人听了小儿子的回答，面面相觑。后来，他们的行为方式有了很大的改变。

原来，这夫妇二人，对他们的老母亲不孝顺，吃饭时不让老母亲同桌吃，只给老母亲吃剩菜剩饭，而且就用一个破烂的小木碗给老母亲盛饭。小儿子对这些都看在眼里，记在心里，所以，他也仿效父母，要做一个木饭碗给今后老了的父母用。

这件事对这夫妇二人感触很大，从此后，对老母亲孝顺起来：让老母亲上桌与大家一起吃饭，好东西首先给老母亲吃，饭碗也变了，再也不是木碗了，而是家里最好的碗。

有感而发

在我写的书和作过的演讲中，曾经引用过这个故事。

俗话说得好，父母是一面镜子，照出了孩子的样子；孩子也是一面镜子，照出了父母的样子。父母在孩子面前的一言一行，对孩子的影响很大，是一种潜移默化的影响。这种影响，有的是好的，有的是不好的。所以，我与曾经合作编写的、在 2016 年出版的一本图书《育子三件宝：言传、身教、环境好》中，特别强调父母对孩子的身教。言传不如身教，父母对孩子既要言传，还要身教。

榜样的力量是无穷的！

父母对祖父、祖母尽孝，一方面，是天经地义的，本来就该做，就该做好；另一方面，也是做给孩子看的，也是对孩子很好的教育。

有人说，尽孝，是对自己过去经历情况的总结，是对自己今天综合能力的检验，是对自己明天生活状况的预测。有人说幸不幸福看父母，成不成功看子孙。从某个角度看，这是有一定道理的。

19 村小育人

在我国的一个偏僻的小山村，有一所小学，出现了一件令人费解的事，产生了轰动性的影响，引来了不少的人去调研，去解谜。

原来，这个山村小学多年来培养了大量的人才，从这个小学毕业的孩子，成才的比例大大高于其他小学的孩子。从这所小学毕业后，考上重点中学的，后来上了大学的，参军入伍的，在农村成为致富能手的，都比其他小学要多。

县教育局来总结经验，其他学校的老师、校长来取经、来听课，甚至有的阴阳先生也来观察，是不是这个学校的位置好、风水好。

但是，来总结经验的上级和来学习经验的同行们看了、听了，观察、考察、取经、听课之后，都没有找到什么原因，都感到失望，风水先生更是大失所望。

去了的人都百思不得其解，找不到什么特别的原因。

这个乡村小学并没有什么特别的地方，教室、校舍、老师、校长，与其他学校没有两样；那些老师，朴实的外表透出浓浓的乡土气息；而且也没有介绍出什么经验来，教学没有什么特别之处。

这是一所再普通不过的山村小学！教室四壁漏风，桌子板凳还晃着呢。大家都感到很奇怪，没有道理呀，怎么这个地方能培养出这么多的人才来呢？

它一直是个谜。

一位好奇的记者，为了解开这个谜，缠着一位从这个小学毕业的退伍军官，硬要他说出秘密。

一开始这位退伍军官一再推辞，对这位记者说："没有秘密，哪有什么秘密，真的没有。"

记者不死心，仍一个劲地对这位退伍军官软磨硬泡。

这位退伍军官被缠得实在没有办法了，说出了真相，但条件是不要作为新闻来报道。

原来，进入这个学校学习的小孩子，早在一年级时，班主任老师都要把全班学生一个个地分别叫到办公室，与学生进行面对面的谈话。

"陈兵，你长大了可能是一个部队的军官，至少是一个副班长。"

"王兰兰，你长大了可能是一个医生，至少是乡里医院的一个护士。"

"赵大虎，你长大了可能是一个运动员。"

每个学生都要这样谈话，孩子听了都感到惊奇和兴奋。

老师对孩子这样谈完了，还要再加上一句话："这是你和老师我们俩的秘密，对任何人都不要讲，对同学们不要讲，对爸爸妈妈也不要讲。你好自为之，朝这个方向努力吧。"

学生们年纪小，很多时候，连父母的话也不怎么听，但却听老师的话。他们会经常说："爸爸、妈妈，这可是我们老师说的。"

学生们认为，老师说的都是对的。现在连老师都说了我长大了要当运动员、当解放军、当医生护士、当教师，那一定会的。

这样的结果是什么？多少年后，学生们长大、工作后，不少人与老师当年说的很接近。

学生们心里都感谢老师，说我们的老师神了，当年就给我们算准了的。其实，老师哪里会算命，再说算命先生哪一个算得准？

老师懂心理学。心理暗示是一个起码的心理学常识，对学生的心理暗示是一种指明学生努力奋斗方向的方法。

当然，老师还是要有起码的观察力。比如，见到这个叫陈兵的学生平时里爱蹦蹦跳跳，就对他说长大后可能是解放军、运动员；王兰兰比较文静、内向，老师就说王兰兰长大后可能是护士。

这就是一种很简单的激励，看起来很简单。但是，老师的这种引导，对学生的情绪情感有影响，更重要的影响是让学生有奋斗的目标，积极向上、积极进取，这对孩子的一生影响是很大的。

有感而发

对孩子、学生的教育，让他们成人成才，有很多途径。应试能力的提升也是需要的，但那只是其中一个方面，不是育人的全部。

"没有教不好的学生、孩子，只有无能的老师、父母。"这话似乎绝对了些！在教育学生和孩子方面，哪一个老师、哪一个父母都说不了大话，其实，教育好孩子，这才是天底下最难最难的事！

教育学生和孩子，老师、父母总是要想办法！可以把上面那句话改一下："没有教不好的学生、孩子，只有想不到的办法。"在教育学生和孩子方面，办法总比问题多！

村小的这位班主任老师用的是一个方法，他运用了心理学的方法，运用了激励的方法，运用了一对一沟通交流的方法，运用了目标方向的方法，这样的老师是优秀的！

还听说过一个故事：一个高中班，全班56人，居然

50　　有 37 人考上如清华、北大这样的一流大学。在教学教育同等的条件下，这个班的班主任多用了一个方法：在学生读书期间，让全班 56 个同学轮流当班干部，班长、副班长、委员、团支书，等等。于是，每个当了班干部的同学，一方面自己在行为方式上要严格要求自己；另一方面，在读书学习方面要起带头作用。

　　教育学生、教育孩子是关乎千秋万代的大事，办法一定会有的！

20　鞋与双脚

古时候，有一个人总是抱怨自己没有鞋穿。

有一次，当他看到路上有一个人双脚都没有了时，猛然醒悟：我虽然没有鞋穿，但我还有双脚；人家连双脚都没有，就是有了鞋，也不能穿呀！

有感而发

这个故事告诉我们的，不是要有一种现代"阿Q"精神，而是要有一个好心态，也可以说是退后一步来考虑问题。否则，成天怨天尤人、灰心丧气，就会失去生活、工作的信心和勇气。

有人说了，人啦，如意之事只一二，不如意事常八九。

也有人说，上帝是公平的，它总是不会让一个人十全十美。如果太顺，它总要弄一点曲折让你磨难一下；太艰难了，它也许会让你尝到一些甜头。

就算自己已经很不幸，还可以与那些更不幸的人比较，自己可能已经是很幸运的了。比如，有人丢了 500 元钱，他可能想，还好，我没有丢 1 000 元钱；他得了一场大病，他可能在想，还好，我的生命保全下来了！

我痛风 30 多年了，有时痛起来真是要让人"发疯"，恨不得把疼痛的脚砍了。但是，久而久之，心态也好了。2016 年年底到 2017 年年初，我的左脚痛风一个多月，还住院八天，难受极了！但我自己也调侃："下雨久了，天总是要晴的！最多再痛 30 多年！"

心态决定状态！

21　蝎子与青蛙

在一条河边，有一只蝎子要过河办急事，但蝎子不会游泳，很着急。蝎子见一只青蛙在旁边，就对青蛙说："青蛙大哥，背我过河吧。求求您，我要过河办急事。"

青蛙对蝎子说了："蝎子老弟，我有病才背你过河呢！假如我背你过河，背到河中间，你刺我一下，我不就中毒而死？"

蝎子诚恳地对青蛙说："不会的，青蛙大哥！您都帮助我过河了，我是不可能恩将仇报的。再说了，我不会游泳，我刺你一下，你中毒死了，我也会淹死的。"

青蛙一想，对呀，它不敢刺我的，我中毒死了，它也会淹死。"来来来，我背你过河。"

青蛙把蝎子背到半河中间，蝎子就刺了一下青蛙。青蛙中毒了，死之前对蝎子说了："蝎子老弟，你不是承诺过不刺我吗？现在我中毒要死了，你也会淹死的，你刺我对你有什么好处？"

54　　　蝎子听了，惭愧地低下了头，对青蛙说："青蛙大哥，实在对不起，刺人家一下，这是我的习惯性动作。"

有感而发

世间总有人，习惯性地要去刺人家一下。其实，刺了人家，对他自己也没有什么好处。

在今天的网络上，就有不少这样的人。他们好像"食人鱼"一样，见到一点血就兴奋，就扑上去撕咬，总喜欢去攻击人家几下。

有一位年轻的女作家曾经说过：你弄一个微信、微博，就像你的房屋，总有人到你的房屋外窥视，朝你的房屋吐脏水，甚至到你的房屋里来撒尿拉屎。我招惹谁啦？

在一个组织里，也总有这样的人，对不对的、与他相干不相干的，他总是要去"刺"人家一下，其实，这也并不给他们带来快感，有的人真是把这当作了一种习惯。

在我第二次到央视《百家讲坛》作了"智商与情商"的演讲后，山东有一位老先生给我们校党委发了一封"私函"，学校党委转给了我。打开一看，其中有几句是这样写的：我不同意贵校曾国平教授在《百家讲坛》讲的处世哲学。曾教授说对人要宽容，难道对希特勒也要宽容吗？曾教授说爱因斯坦的智商高，那个爱因斯坦明明是个伪科学家，怎么能说他智商高呢？

　　我看了他的信函后，有些哭笑不得。随即打了电话过去，他本人不在，是他的夫人接的电话，我说明来意。老夫人听了后说："曾教授，不要理他，他就是这样的人。《百家讲坛》的其他老师讲了，他都有这么一出！"我听了后，心里竟然有一股说不出的滋味！

22 张三、李四与玉皇大帝

传说古时候，有两个农民，张三和李四，他们在田间地头锄地。张三对李四说："这锄地的活太辛苦了，要是让我当一天皇帝就好了。"

"当皇帝有什么好？"李四问。

"当皇帝当然好啦。"张三就历数了皇帝在吃、穿、住、行方面的好处，末了还说："皇帝总不会来锄地吧。"

"要是我，就不当皇帝，我就当玉皇大帝。"李四说。

"玉皇大帝有什么好处？"张三问。

"你张三说的这些好处都有，更重要的，玉皇大帝是不会死的，长生不老。"李四答。

中国历史上有上千个国王、皇帝，活到 70 岁以上的只有 9 个，最长寿的乾隆皇帝也只有 88 岁。

张三和李四这番对话，被天庭的玉皇大帝听见了，玉皇大帝便派人把李四叫到天庭。

"下跪何人？"玉帝问跪在天庭的李四。

"李四是也。"

"抬起头来。"

"不敢！"

"赦你无罪。"

李四抬起了头，玉皇大帝看了个清楚。问李四："听说你想当玉皇大帝，是吗？"

李四知道瞒不过："我是说过。"李四这才知道，玉皇大帝在天上，下界的任何人说话他都能听见。

"李四，现在有个机会，真让你当三天玉皇大帝。但有个条件，三天当下来，就永远让你当玉皇大帝；三天当不下来，就杀你头，你看怎么样？"

"我想问一下，我都有哪些权力？"

"除了你三天当不下来，我有权杀你以外，其余的权力你都有。"

李四一思考，下了决心，"好，我当。"

第一天，李四当得很顺当。他命令太白金星多炼些丹，太白金星领命行事；他要托塔天王把塔举高一点，托塔天王也连连说"遵命"；他命令弼马温把马养好一点，弼马瘟也高兴地照着办。

因为李四有真玉帝那号令诸神的权力。

第二天，李四也当得很顺利。

李四想，只要有了权力，这玉皇大帝也不是不能当的嘛。只要我把明天这第三天挨过，我就是永久性的玉皇大帝了。

第三天，这代玉皇大帝李四坐在天庭的金銮殿上，正自得意。这时，下界来了一个农民，说："尊敬的玉皇大帝呀，您大发慈悲吧，烈日当空，土地龟裂，禾苗干枯，民不聊生，再不下雨，我们可要死掉了。"

李四说："那还不容易。太阳公公听令，你赶快退位；风婆子听令，你去刮一阵风；雷神听令，你去闪电响雷；雨神听令，你接着去下雨，记住，多下两个时辰。" 太阳公公、风婆子、雷神、雨神听罢，纷纷说："得令、得令。"

他们正要去依令施法，这时下界又来了一个染布的人，大声对李四这个代玉皇大帝说："尊敬的玉皇大帝呀，可不能下雨呀，我们这么多染布的人，全靠太阳把染的布晒干，你要下雨的话，我们这么多染布的人可怎么活呀？"

李四说："那还不容易，那就出太阳。"

农民说："不能出太阳，要下雨呀。"

"那就下雨。"

农民和染布的人当着李四的面，在天庭里大声争吵，一个要下雨，一个要出太阳。李四一会儿说："那就下雨。"一会儿又说："那就出太阳。"

李四第三天没有能够把这代玉皇大帝当下来。

在被杀头之前，李四问玉皇大帝："尊敬的玉帝，您让我死个明白吧，假如您遇到这种情况，一个要下雨，一个要出太阳，这可是矛盾的，您怎么办？"

玉皇大帝笑着对李四说："你白天出太阳晒布，晚上下雨让庄稼生长不就行了。"

显然，这代玉皇大帝李四就没能对是下雨还是出太阳这两个矛盾的方案作出正确的选择。

有感而发

这是我在《追求卓越领导力》（重庆大学出版社出版）一书中引用的一个故事，也是我在作"领导力的演讲"讲到"决策力"时多次提到的一个故事。

人的一生，就是选择的一生；当领导的，也是要作选择的，特别是在作决定、决策时，在若干个备选方案中，你要选择哪一个呢？

有的选择是选对了的，有的选择却是选错了的。百味人生，最大的痛苦莫过于选择，最大的快乐也莫过于选择。

比如选择人，那是世界上最难的事。苏东坡说过：人难知也，江海不足以喻其深，浮云不足以比其变，山谷不足以配其险！但是，要选择人才的时候，还是要知人，知人才善任！

为什么选择很难？

第一，因为身在"庐山"之中。不识庐山真面目，只缘身在此山中。

60

第二，信息问题。信息往往会不对称、不全面、分析不准确。

第三，选择者本身。素质素养、能力水平、眼界境界达不到要求。

第四，选择的标准。标准不统一、不一致、不确定。有的人则是求全、过高、不切实际，有的人自己也不清楚标准到底是什么。

第五，多种因素干扰。

第六，难以取舍。都好，都不好，满田选瓜，眼睛选花！

很多选择，事后才发现哪些是对的，哪些是错的。"事后诸葛亮"也是不少的！如同故事中的李四：我怎么就不知道白天出太阳晒布，晚上下雨让庄稼生长呢！

23　牧童与狼

两个牧童进深山，误入狼窝，发现两只小狼崽。他俩以为只是两只小狗，于是，一人抱起一只来玩。

狼妈妈回来了，见自己的孩子被抱走了，拼命追赶。

两个牧童一商量，上大树。一人上一棵树，两棵树相距数十步。

狼妈妈往一棵树上爬，想去救自己的孩子，眼看要爬上去了，这棵树上的牧童有危险了，另一棵树上的牧童就在树上掐小狼的耳朵，弄得小狼哇哇叫痛，直喊妈妈救命。

狼妈妈赶快下树，气急败坏地在树下乱抓乱咬，往另一棵树上爬，去救自己的狼孩。

于是，另一棵树的牧童有危险了，此时，先前那个牧童就使劲拧小狼的腿，这只小狼也连连哇哇地叫，狼妈妈又闻声调头，爬另一棵树。就这样，两个牧童不停地轮番掐小狼，狼妈妈心疼小狼，不停地在两棵树之间奔波，最后累得气绝身亡。

有感而发

一个人、一个组织，在作出选择时，一般都是选择最优的方案，在决策学中叫"最优化决策"。

其实，最优化决策很难选择到，它几乎是水中月、镜中花。甚至有人说，最满意、最正确、最科学、最完美的方案是魔鬼，是陷阱，最优化最浪费人财物力，最优化让人很难达到、不能自拔。

这只母狼，想把两只小狼同时都救了，这是最优化的方案，结果一只都没有救到，自己反倒给累死了。不能同时救下的时候，就先救下一只来，可能另一只还能再救到。

几乎同样的故事还有布里丹选择。说的是，某人骑了头毛驴远行。他和毛驴都走累了、饿了，这人就从毛驴上下来，背靠大树喝水吃干粮，让毛驴自己在山坡上找草吃。

　　这头毛驴在路上一看，左前方有一堆草，它张嘴正准备吃的时候，一抬头看见右前方另有一堆品种更好的草，它想，当然应该吃品质好的草，于是前往右前方去吃。刚要吃品质好的草，一抬头，见左前方的另一堆草更加绿嫩，于是，它又朝左前方走去吃更加绿嫩的草。刚要吃左前方更加绿嫩的草，一抬头见右前方另有一堆草更有香味，它想，更有香味的草才值得一吃。就这样，它左走右走、左选右选，结果，一口草也没有吃到，最终它饿死了。

　　看准的人与事，就选择、决策吧！没有绝对好的方案！

24 灯下寻物

一天晚上，一个人在大街上行路，见有一个人在很亮的路灯下寻找什么，于是上去问道："有什么需要我帮助的吗？"

那位找寻者回答："那当然好！"

路人一嗅，找寻者满身酒气，口齿不太清楚。

"请问您要找什么东西？"路人问。

"我的钥匙掉了，我正在找我的钥匙。"

路人帮助找了许久，没有找到。路灯很亮，地上的一根针都能看见，更不用说一把钥匙了。

路人帮助这位丢钥匙者扩大寻找的范围，还是没有找到。

"请问您的钥匙是在哪里掉的？"路人又问。

寻找者回答："是在我家门口掉的。"

"那您为什么不到您家门口去找呢？"路人又问。

"我家门口没有这么亮的灯，看不见。"寻找者回答。

有感而发

这个故事与"刻舟求剑"很相似。

找钥匙，第一要看钥匙是在哪里丢的，这是问题的关键。而那个地方有无灯光、灯光亮与不亮，都是第二位、第三位的。灯光再亮，钥匙并不是在那里丢的，不管怎样找都是白费功夫。

所以，看问题、解决问题，要抓住问题的关键。关键的问题抓住了，就能解决问题的一大半。

当然，其他不是关键的问题也不能忽视。钥匙的确是在那里丢的，但是，在晚上，伸手不见五指，也是不容易找到钥匙的。

有的时候，非关键的因素也可能会转化为关键的制约因素。

25 一根针

一个小孩，刚会走路不久，在外面玩，捡到一根针，回家交给了妈妈。妈妈很高兴地接过针去，对儿子说："儿子你真乖，这么小的年纪，都知道捡针给妈妈用了。"儿子听了妈妈的表扬，很高兴。

儿子长大了一点，在外面捡到一个铜板，又回来交给妈妈，妈妈接过铜板更高兴了，对儿子说："哎呀，儿子你太乖了，妈妈正差钱用呢！"儿子听了妈妈的表扬，更是高兴了。

后来，儿子在外面捡到了一锭银子，又回来交给了妈妈。这次妈妈更高兴了，接过银子，高兴得嘴都合不拢了："我儿子有出息了，妈妈要用这锭银子做好多事呢。"儿子听了妈妈的表扬，更是高兴得不得了。

后来，儿子捡不到东西、钱物，就去偷，偷了东西回来，并不对妈妈说是偷来的，妈妈不知道东西是偷来的，也不问缘由，仍然表扬儿子。再后来，儿子偷不到东西，就去抢，就去杀人了。最后被抓住，要杀头了。

儿子在被杀头前，要求县令，他要最后见他的母亲一面。

母亲来到即将被杀头的儿子面前，母子俩抱头痛哭。

儿子对母亲说："妈妈，我临死前你要答应我一件事，满足我一个愿望，我再去死。"

妈妈答应了儿子的最后一个要求。

儿子对妈妈说："我要喝一口你的奶再死。"

妈妈解开衣服，含泪让儿子喝奶。

这时，惊人的一幕发生了——只见儿子猛地一口把妈妈的奶头咬了下来。他对妈妈说了一句话："妈妈，当我捡到一根针、一个铜板时，如果你不表扬我，让我把针和铜板交还给失主，我会有今天吗？"

有感而发

可悲、可叹的一幕！

这个孩子不应该这样做，自己的道路是自己选择的，就算是妈妈宠坏了，也不能把责任全怪到妈妈身上，而且，更不应该的是当众把妈妈的奶头咬了下来。

小时候犯了一些错，可能是妈妈错误教育的结果。但是，孩子长大后，应该有行为主体能力了，应该有判断能

68 力了，应该是有选择自己走什么道路的能力了，全部责怪妈妈是不应该的。

从这个事情中，妈妈（父母、家长）也应该反思要怎样教育自己的孩子。

已经发生了的事情，后悔已经晚了，也没有那么多"如果"了。如果真有"如果"的话，情况、后果就不是这样的了：如果孩子第一次捡了一根针回来，孩子第一次捡到一个铜板回来，父母不是表扬孩子，而是坚持让孩子交给失主，这样，后来孩子哪会犯罪、被杀头？哪会有孩子咬母亲奶头的事？

父母必须教育好自己的孩子！怎样去教育好自己的孩子，每位父母都要认真考虑才行！

26 苏东坡辩经

苏东坡，又名苏轼，北宋文学家，四川眉山人，人称"唐宋八大散文家第一"，宋代文学最高成就的代表人物，琴棋书画都十分了得，并在诗、词、散文、书、画等方面取得了很高的成就。而且，苏东坡的佛学造诣也很高深。

苏东坡经常到庙里去与方丈辩经。

有一次，苏东坡与方丈坐在蒲团上，四目相对，辩起经来。

你说色即是空，我说空即是色；你说色色空空，我说空空色色。你说空是遁入空门，四大皆空、空空如也；我说空是虚怀若谷，空也不空，不空而空。高手过招，辩经许久。

方丈就问苏东坡："苏居士，你的眼睛看我这么久，在你的眼中，你看我看到了什么？"

苏东坡对方丈说："方丈啊，我看到你是一堆牛屎。"

换了别人，听了苏东坡之言会暴跳如雷。但是，方丈是得道高僧，他听后并没有发火，而是笑一笑，点点头，对苏东坡说："苏居士啊，我看你却是一朵花呀！"

苏东坡听了，满心高兴，觉得自己与方丈辩经，我是赢了，我看他是牛屎，他看我是一朵花，我当然是赢。于是，满意而归，回到家里，与他的妹妹言及此事，洋洋得意。

苏东坡的妹妹苏小妹一听，脸拉得很长，显然不高兴了。

我们都知道，苏氏三父子：苏洵和他的儿子苏轼和苏辙，并称才子"三苏"。其实，苏东坡的妹妹苏小妹也有才华，才女一个。苏小妹一听哥哥讲了他与方丈辩经的事，面部表情很严肃，对苏东坡讲："哥哥，你错了，你佛学造诣这么高深，你不应该不知道佛家有一句名言'心在地狱缘恶念'吧。你心中有牛屎，你才会把人家看成一堆牛屎；而人家方丈心中是一朵花，当然就把你看成一朵花了。"

苏东坡是聪明的人，听了妹妹的一番话，满面羞愧。

有感而发

人都有潜意识。

什么是潜意识？就是潜藏在每个人大脑中的意识。有的会潜藏许久，才会在一个人的实际行动中表现出来。

一个人很多的现实行为，可能是被早就潜藏在大脑中的意识指挥的。走在斑马线、红绿灯面前的表现，在工作、生活、学习中的表现，可能都是潜意识作用的结果。

大脑里有牛屎的潜意识，可能就会把别人看成是牛屎；有花的潜意识，可能就会把别人看成是一朵花。

所以，在一个社会、一个城市、一个企业、一个学校、一个医院、一个机关、一个家庭里，要强化正能量的教育，让大家浸润在正能量的氛围中，把自己头脑中的"牛屎"去掉，让自己头脑里多有一些花；把自己头脑里的恶劣念头去掉，把善良的念头多装一些在大脑里。如此一来，在一定的情况下，这些恶劣的念头就会少一些，甚至不会冒出来，而那些善良的潜意识也会多冒一些出来。

27 风不止，亲不待

孔子出行，听到有人哭得十分悲伤。孔子说："快赶车，快赶车，前面有贤人。"走近一看是皋鱼，他身披粗布抱着镰刀，在道旁哭泣。孔子下车对皋鱼说："你家里并非有丧事，为什么哭得如此悲伤呢？"

皋鱼回答说："我有三个过失，年少时为了求学，周游诸侯国，没有把照顾亲人放在首位，这是过失之一；我的志向高远，却因利益去辅佐奢华的君王，这是过失之二；和朋友交情深厚却因小事和他绝交，这是过失之三。树想静止不动，风却不停息地吹；子女想要赡养亲人，亲人却已不在！逝去就永远追不回来的是时光；过世后就再也见不到面的是双亲。请让我从此告别人世吧。"说完，皋鱼就辞世了。

孔子说："你们应引以为戒，经历过这件事，足以让人知道该怎么做了。"于是，孔子的学生中就有十三人辞别孔子，回家赡养双亲去了。

正所谓：树欲静而风不止，子欲养而亲不待。

有感而发

在我 2016 年 7 月出版、全国发行的一本书《让生活爱我》（重庆大学出版社出版）中的第 188 篇，其题记中有这样两句话：父母在，此生尚有来处；父母去，此生只剩归途。

孝，不能等待。只要一等待，稍不留神，你尽孝的可能性就没有了。

某报社主任的母亲去世后，他写了一篇祭文，着实感人。

其中有一段是这样的：

妈妈生我时，剪断的是我血肉的脐带，这是我生命的悲壮；妈妈升天时，剪断的是我情感的脐带，这是我生命的悲哀。

妈妈在时，"上有老"是一种表面的负担，妈妈没了，"亲不待"是一种本质的孤单。我变成了没妈的孩子，变得不如扎根大地的一棵小草。

母爱如天，我的天塌下来了；母爱如海，我的海快要枯竭了。

74

母爱万滴血，生我一条命。

妈妈，去往天国的路好远好远，您要一路走好！

我的夫人于 2016 年 5 月写了一本书《漫悟人生》，其中有这样两段话：

"我的亲生父母都已经故去了，我的公爹也故去了，家里只剩下我婆母这一个老人供我尊重孝敬了。现在，我只有这一个机会可以喊'妈妈'了，而且会喊一次少一次，不可能永远让我把'妈妈'喊下去，我有什么理由不珍惜？"

"我要感谢婆母，能给我一个喊'妈妈'的机会和可能。更何况，我自己也有儿媳了，我对我的婆母好，也是给儿子、儿媳做个榜样，子子孙孙把孝敬、孝顺传下去才好呢。"

28 理发师的两个徒弟

理发师有两个徒弟。大徒弟忠诚老实，虚心好学；二徒弟比较随意，人也算是聪明的。

一开始，师傅让他们在冬瓜上练习手艺，用剃头刀刮冬瓜，大徒弟认真在冬瓜上刮着，一丝不苟，把冬瓜当成一个真正的人来理发。每次练习刮完冬瓜后，都要把刮过的冬瓜用干净的毛巾擦洗干净，然后把剃头刀也擦干净，整整齐齐地放在理发箱子里。

二徒弟见了他师兄的所作所为，觉得好笑，这不就是一个冬瓜吗，又不是真正的人，干吗那么认真。所以，他每次在冬瓜上理发，用剃头刀刮冬瓜，不是太认真。刮完冬瓜后，也洗得不太认真、不太干净，用擦巾随便地那么一擦了事。而且，剃刀也不擦干净，随便地把剃刀往冬瓜上这么一扎，动作还很"潇洒"。

大师兄见了，一开始要劝说师弟，多说几次，师弟也不高兴，大师兄也就懒得再说了。

一段时间后，二人的手艺学得差不多了，要正式给顾客理发了。

只见大徒弟手执剃刀，按照师傅要求的刮冬瓜的要领给顾客理发，头刮得干净、洗得干净，顾客很满意。大徒弟再把理发工具、特别是剃刀清洗干净后，放到了工具箱里。

二徒弟也上场正式给顾客理发了。还是像平时刮冬瓜一样，刮得不太干净、洗得不算干净，最重要的是，他为顾客刮完头后，剃刀也没有擦干净，最要命的是，他给顾客理完发，顺手把剃刀像平时往冬瓜上那么一扎……

这两位徒弟平时养成的习惯不同，到后来，产生的理发效果也就不同。

有感而发

显然，两个徒弟在学艺过程中，态度不同，养成的习惯也就不同，最后的效果当然也就更不同了。

习惯，就是积久养成的生活方式。

习惯可分为好习惯、坏习惯，甚至有的是恶习。

习惯成自然，可能美，也可能与美相反！即所谓久闻其香不香，久闻其臭不臭。

我在《育子三件宝》一书中谈到，父母教育孩子有三大重点：一是好人品、人格，人品决定产品；二是好心态，心态决定状态；三是好习惯。

在家里，在学校，出了社会参加工作了，都要养成好习惯。

孩子、学生，一辈子不知道可能学到好多知识，但是，如果习惯不好，就会影响孩子的成才成人，影响孩子的工作、生活与学习，影响孩子的进步，甚至影响孩子的一生。

当孩子参加工作后，小时候养成的一些坏习惯会暴露出来，一些好习惯也会显现出来。而学生进入社会，成为青年员工，一些习惯还在继续养成。一旦形成了恶习，纠正起来是比较困难的！

第一，要从小，甚至终身都要养成好习惯。第二，要着力纠正坏习惯。

29 抬桌子的习惯

在某个亚洲国家,学生的竞争发展到了起跑线上的竞争——幼儿园,也就是家长都想办法把小孩送到优秀的幼儿园里去,否则,今后到优秀的小学、优秀的初中、优秀的高中、优秀的大学学习,可能性就小得多。

一次,许多家长带着自己 3 岁左右的小孩来到了一个优秀的幼儿园。

由于这是一个优秀的幼儿园,所以,它对申请入园接受教育的小孩子,不是来者不拒,而是要经过考试,合格的、优秀的小孩子才会被接收。

小孩子的长相差不多,叫不准名字,就给他们编号,8 个小孩子组成一组。考试有多种形式。

首先是对众小孩一个个提问,问他们叫什么名字、爸爸妈妈叫什么名字、家住哪里、门牌号码、能认识多少字,等等。把一个组里的小孩都问完了后,差距也就出来了。

接下来,就是让这个组里的小孩做游戏,让小孩子们玩,幼儿园的老师就在旁边认真观察,不时还用笔在纸上记些什么,主要是看小孩子们在做游戏中,是否太自私、是否帮助他人、是内向还是外向,等等,把各种表现都记下来,因为在游戏中的表现比提问得到的信息更真实可靠。

当游戏做到一定时间,幼儿园的老师就对这个组的孩子讲："小朋友们，你们看，那是什么？"

老师用手指屋子的另一边，小朋友们一看，是一张小圆桌子，齐声回答："圆桌子。"

老师说："很好，小朋友们连圆桌都认识。"

"小朋友们，老师请你们帮助我们做一件事，一起上去把这张圆桌子抬到隔壁那屋去，好吗？"

"好的。"孩子们回答。

大多数孩子都上去抬，只有3号小朋友不上去，仅作壁上观。

抬完了，老师又让小朋友们做游戏，老师又继续观察。

游戏做完了，各种考试结束了，老师们商量后，宣布录取的小朋友，3号不在之列。

原因很清楚：他的主动精神不够、合作精神不够，主要还是责任问题。3号的家长很难堪，把3号小朋友领回去后，天天就教育他孩子：你连桌子都不去抬，这点责任都不愿意承担，没有团队合作精神，长大了能指望你赡养爸爸妈妈，为爸爸妈妈承担责任吗？能指望你为自己的学习和工作承担责任吗？能够为我们这个国家和民族承担责任吗？

爸爸妈妈天天教育，并且让孩子做一些主动承担责任的小事，逐步养成了好习惯。

一段时间后，爸爸妈妈又带3号小朋友到另一个优秀

80 　　幼儿园去进行入园考试。

　　老师也是这样编组，也是这样一个个提问，问的内容大体相同。游戏开始，老师们也是在旁边观察并记一些东西。

　　做游戏到一定时间，老师又开始向小朋友们说："小朋友们，你们看，那是什么？"

　　这次可能不是圆桌子，可能是方桌子，或者是其他什么的，也是要大家搬到另一屋去。

　　老师刚用手一指，其他小孩子还没有反应过来，以前的这个3号马上开始卷袖子，当老师刚说"把什么、什么抬过去"时，这位"前3号"就第一个冲过去了。

　　结果如何，可想而知。

　　这个故事中，"3号"第一次受到的挫折，就成了他的主动承担责任的来源。当然，很重要的还有孩子爸爸妈妈的教育，让孩子养成了良好的习惯。

有感而发

　　有道是：十年树木，百年树人。

　　有道是：孩子教育从小易，长大了教育难。

　　教育孩子的责任心、合作精神，往往比教育孩子多认一些字、多读一些外文单词、多背一些唐诗、成语，可能更重要。

从小教育孩子多学一些知识固然重要，但是，比它们更重要的是做人的教育，养成好习惯的教育。

今天搬了桌子，明天又搬桌子，为什么总是在搬桌子呢？其实，许多人一辈子就是重复地在搬桌子，"涛声依旧，重复着昨天的故事"。但是，重复做的同一件事情，你能不能精益求精、一丝不苟地把它做好？

青岛海尔的某高管说过这样一件事：他到日本去考察，见日本某企业的老总让员工擦桌子，每天把一张桌子擦6遍，员工就按老总的要求擦桌子。第一天擦了6遍后，第二天一看，桌子很干净，有必要还要擦6遍吗？擦5遍行不行？但是，这个员工还是一丝不苟地擦6遍，每天都这样擦6遍。

教育孩子和教育员工是一样的道理，责任心、合作精神、好习惯，都特别重要！

30 教授的演讲

据说，非洲有一个部落比较落后贫穷。为了图强，为了发展，为了让部落人生活得更好，酋长作出了一个决定，要请某发达国家的一位知名教授来部落作一次演讲，就讲部落如何才能更好地发展。该教授的强项就是作发展战略演讲的。

此次机会难得，酋长让全部落所有成年人都到场听演讲，并提出了认真听演讲的要求。

该教授西装革履站上了讲台，他一看下面几百位听众的阵势，顿时吓得浑身发抖、大汗淋漓、语无伦次，最终晕倒过去。

演讲无法进行，听众一片哗然，不解！

酋长赶紧让人把教授抬走。教授休息了一晚上，第二天又站上讲台进行演讲。当他一看下面几百位听众，又吓得浑身发抖、大汗淋漓、语无伦次，最终再次晕倒过去。

演讲依然无法进行，听众又是一片哗然，更加不解！

酋长不得不让人再一次把教授抬下去休息。

晚上，酋长来到教授的住处，与教授沟通交流："教授，您演讲身经百战，为什么到我们这儿演讲，两次站上台一看到听众，您都浑身发抖、大汗淋漓、语无伦次，最后晕倒过去呢？"

教授当然就讲了个中原委。

原来主要是风俗习惯和文化上的差异。

第一天，教授西装革履地站上了讲台，他一看下面几百位听众全部赤身裸体在听他演讲，顿时就吓得浑身发抖、大汗淋漓、语无伦次，当然就晕倒过去。

休息了一晚上，为什么又讲不下去，而且一见到台下的听众就吓得浑身发抖、大汗淋漓、语无伦次、晕倒过去呢？这是因为教授一看下面的听众，他们全都西装革履，而教授自己却赤身裸体，教授还有不晕倒过去的道理吗？

原来，第一天之所以台下的听众全部赤身裸体，是因为当地的风俗习惯就是，欢迎最尊贵的客人时，男女都要赤身裸体，哪怕你穿的三点式，都是对客人的不尊敬。但这样一来，却苦了教授，才有了他第一天站上台就吓得浑身发抖、大汗淋漓、语无伦次、晕倒过去。

第二天，台下的听众想，教授在第一天上台时都是西装革履的，那我们也要西装革履，于是全体听众都西装革履地来听演讲。教授见到全部听众西装革履为什么仍然吓

84　坏了、要晕倒呢？是因为这时教授自己赤身裸体了。因为教授想，听众全部赤身裸体，那我就不能穿西装演讲了，我要入乡随俗，我也要赤身裸体。这不，又反了！

酋长了解到教授演讲不下去的原因后，就与教授沟通交流道："教授，我们第三天一定要把这次演讲做好才行。我们统一一下吧，要么大家都西装革履，要么大家都赤身裸体。教授，您选择吧！"最终，教授选择了大家都西装革履。

于是，第三天的演讲非常成功。

有感而发

我在演讲中、在写的一些书中，使用过这个故事。

听起来、看起来的确好笑。

有的人听我的演讲、看我的书，听到、看到一些故事、笑话，他不去悟这些故事、笑话的道理，而是去钻牛角尖："教授，你讲的这个故事，可能是你自己杜撰的吧，怎么可能有这种现象？"

我说，我也是在报纸上看到的。

有人又说："报纸上的东西也可能是编的，怎么可能都赤身裸体呢？你说说，在哪里有？我们去看一看！"

其实，这种情况的确可能有，也可能没有！

但是，我们看这个笑话，我们看到了什么？风俗习惯不同，的确就有很多的差异，甚至可能产生矛盾，当然，也可以看到沟通的重要性。

在日常生活中，这种情况可能的确没有，但是，有的人穿了衣服，等于没有穿衣服，可能是思想赤裸，穿的是皇帝的另类新衣。

31 责任与财富

20 世纪初，美国的一位意大利移民曾为人类精神历史写下灿烂光辉的一笔。他叫弗兰克，经过艰苦奋斗，他用自己的积蓄开办了一家小银行。但一次银行遭抢劫导致了他不平凡的经历。他破了产，储户失去了存款。当他带着自己的妻子和四个儿女从头开始的时候，他决定偿还那笔天文数字般的存款。

所有的人都劝他："你为什么要这样做呢？这件事你是没有责任的。"但他回答："是的，在法律上也许我没有责任，但在道义上，我有责任，我应该还钱。"

偿还的代价是三十年的艰苦生活，寄出最后一笔"债务"时，他轻叹："现在我终于无债一身轻了。"他用一生的辛酸和汗水完成了他的责任，给世界留下了一笔真正的财富。

有感而发

银行，最大的财富是诚信！

银行，是信用的代名词！

什么叫信用？有人说：相信我吧，就拿去用！

人家把财富的代表——货币存入银行，而银行只是给了人家一张纸：存折。这张存折，就是一种银行的信用。

银行的信用就是建立在诚信的基础上的。

习近平同志在不同场合，对诚信的重要性作了多次阐述。

弗兰克用自己的一生偿还没有法律意义上责任的债务，可能是累了许多许多、苦了许多许多，但换来的是诚信和尊重，获得了对银行而言最重要的财富：信用。

银行如此，弗兰克如此，其实，每个非银行企业、每个非银行人何尝不是如此，都应该诚信，都应该讲信用。

32 挥泪斩马谡

《三国演义》第九十五、九十六回，写了一段人所共知的故事："马谡拒谏失街亭，武侯弹琴退仲达""孔明挥泪斩马谡，周鲂断发赚曹休"。说的是孔明在祁山寨中，有探细人来报：司马懿让张郃为先锋，"引兵出关，来拒我师也"。

孔明大惊曰："今司马懿出关，必取街亭，断吾咽喉之路。"便问："谁敢引兵去守街亭？"

言未毕，参军马谡曰："某愿往。"

孔明曰："街亭虽小，干系甚重。倘街亭有失，吾大军休矣。汝虽深通谋略，此地奈无城郭，又无险阻，守之极难。"

谡曰："某自幼熟读兵书，颇知兵法。岂一街亭不能守耶？"

孔明曰："司马懿非等闲之辈，更有先锋张郃，乃魏之名将，恐汝不能敌之。"

谡曰："休道司马懿、张郃，便是曹睿亲来，有何惧哉！

若有差失，乞斩全家。"

孔明曰："军中无戏言。"

谡曰："愿立军令状。"

孔明还是放心不下，又派了"平生谨慎"的上将王平为副将协助马谡，面授机宜，并一再叮嘱王平，临了还"戒之！戒之！"说个不停。

孔明还是不放心，恐二人有失，又唤高翔曰："街亭东北上有一城，与汝一万兵，去此城屯扎。但街亭有危，可引兵救之。"

高翔引兵而去。

孔明又思：高翔非张郃对手，必得一员大将，屯兵于街亭之右，方可防之。遂唤魏延引本部兵去街亭之后屯扎。

这样，孔明恰才心安。

结果，马谡去后，不听副将王平的建议，失了街亭。

再后来，孔明挥泪斩了马谡。

孔明的部队都派出去了，司马懿引大军十五万，往孔明的驻地西城蜂拥而来。孔明身边无大将，只有一班文官，只剩二千五百兵，非常惊险地摆了一出"空城计"。

后人有诗为曰："失守街亭罪不轻，堪嗟马谡枉谈兵。辕门斩首严军法，拭泪犹思先帝明。"

当年刘备在白帝城临危之时，曾经嘱咐孔明："马谡言过其实，不可大用。"

有感而发

挥泪斩马谡，是我在演讲中多次引用的一个故事，也是特别令人沉思的一个故事。

马谡，一介书生，虽然熟读兵书，但也只是会纸上谈兵，屯兵于山上，让蜀军断水断粮，落得个大败。关键是他也听不进去上将王平的意见，一意孤行，岂有不败之理。

其实，孔明也是有用人之失的，他明明知道刘备嘱咐过他"马谡可用而不能大用"。孔明错用马谡，既害得马谡丢了性命，更是害了蜀国，让蜀军从此走向衰落。另外，也坏了孔明的一世英名。如果算起来，也是孔明的指挥失策。

孔明一生没有打过多少败仗，而这一次失街亭，表面上看是马谡失街亭，但根子上还是孔明失的街亭。用今天的"问责制"来讲的话，恐怕孔明应该负重要的责任。

作为一个领导，无论是过去的、现代的，还是未来的，决策和用人都特别特别重要，它造成的失误，往往是全局性的。

33　郁金香现象

世界经济发展史上第一起重大投机狂潮是由一种小小的植物"郁金香"引发的。

郁金香，一种百合科多年生草本植物，原产于小亚细亚，在当地极为普通。它的品种很多，其中黑色花很少见，也最珍贵。

17世纪的荷兰社会是培育投机者的温床。人们对赌博和投机的欲望是如此的强烈，美丽迷人而又稀有的郁金香难免不成为他们炒作的对象，机敏的投机商开始大量囤积郁金香球茎以待价格上涨。在舆论鼓吹之下，人们对郁金香的倾慕之情越来越浓，最后甚至表现出一种病态的倾慕与热忱，以致拥有和种植这种花卉逐渐成为享有极高声誉的象征。人们开始竞相效仿，疯狂地抢购郁金香球茎。起初，球茎商人只是大量囤积以期价格上涨后抛售，但随着投机行为的发展，一大批投机者趁机大炒郁金香。一时间，郁金香迅速膨胀为虚幻的价值符号，令千万人为之疯狂。

92

郁金香在培植过程中常受到一种"花叶病"的非致命病毒的侵袭。病毒使郁金香花瓣产生了一些色彩对比非常鲜明的彩色条或"火焰"，荷兰人极其珍视这些被称为"稀奇古怪"的受感染的球茎。

"花叶病"促使人们更疯狂地投机。不久，公众一致的鉴别标准就成为："一个球茎越古怪其价格就越高！"

郁金香球茎的价格开始猛涨，价格越高，购买者越多。欧洲各国的投机商纷纷拥集荷兰，加入了这一投机狂潮。

1636 年，以往表面上看起来不值一钱的郁金香，竟然达到了与一辆马车、几匹马等值的地步。就连长在地里肉眼看不见的球茎都几经转手交易。

1637 年，一种叫"Switser"的郁金香球茎价格在一个月里上涨了 485%！一年时间里，郁金香的价格总涨幅高达 5 900%！

所有的投机狂热行为有着一样的规律，价格的上扬促使众多的投机者介入，长时间的居高不下又促使众多的投机者谨慎从事。此时，任何风吹草动都可能导致整个市场的崩溃。

查尔斯·麦凯在他的著作中讲述了一个故事，他把引发郁金香球茎大恐慌的起因归结为一起偶然的事件。

一位年轻的外国水手，初来乍到，他不知道荷兰国内正在掀起郁金香投机潮。水手因卖力地工作得到了船主的奖赏，离船时，他顺手拿了一个名为"永远的奥古斯都"的郁金香球茎。那个球茎是船主花了3 000金币（约合现在的3万～5万美元）从阿姆斯特丹交易所买来的。当船主发现球茎丢失时，便去找那位水手，并在一家餐厅里找到了他，却发现水手正满足地就着熏鲱鱼将球茎吞下肚去。水手对郁金香球茎的价值一无所知，他认为球茎如同洋葱一样，应该作为鲱鱼的佐料一块儿吃。价值几千金币的球茎在一个陌生人眼里竟如同洋葱，是水手疯了，还是荷兰人太不理智了？法官难以决断。然而，这个偶然事件仿佛一枚炸弹，引发了阿姆斯特丹交易所的恐慌。谨慎的投机者开始反思这种奇怪的现象，反思的结果无一例外地是对郁金香球茎的价值产生了根本性的怀疑。极少数人觉得事情不妙，开始降价卖出球茎，一些敏感的人立即开始仿效，随后越来越多的人卷入恐慌性抛售浪潮，暴风雨终于来临了。

一时间，郁金香成了烫手山芋，无人再敢接手。郁金香球茎的价格一泻千里，暴跌不止。荷兰政府发出声明，认为郁金香球茎价格没有理由持续下跌，让市民停止抛售，并试图以合同价格的10%来了结所有的合同，但这些努力毫无成效。一星期后，一株郁金香的价格几乎一文不值——其售价不过是一个普通洋葱的售价。

千万人为之悲泣。一夜之间千万人成为不名分文的穷光蛋，富有的商人变成了乞丐，一些大贵族也陷入无法挽

94　救的破产境地。

暴涨必有暴跌，客观经济规律的作用是任何人都无法阻挡的。

郁金香球茎大恐慌给荷兰造成了严重的影响，使之陷入了长期的经济大萧条。17世纪后半期，荷兰在欧洲的地位受到英国有力的挑战，欧洲繁荣的中心随即移向英吉利海峡彼岸。

郁金香依然是郁金香，荷兰却从世界头号帝国的宝座上跌落下来，从此一蹶不振。

仅仅是那名水手的原因吗？

没有一滴水会为滔天的洪水负责！

有感而发

"郁金香现象"，成为经济活动中投机造成价格暴涨暴跌状况的代名词，被永远载入了世界经济发展史。

虽然"郁金香现象"已经成为历史，今后再爆发"郁金香现象"的可能性不大。但是，经济活动中类似"郁金香现象"的事件仍然会有。我们国家的"君子兰现象"，虽然没有"郁金香现象"那么严重，但也的确让人惊心动魄。20世纪90年代初日本的"房市现象"，破灭后，影响也极其深远广大。

在经济活动中，这些其实就是一种泡沫。凡经济活动都会有泡沫，凡泡沫都会破灭。只有当泡沫破灭后，才知道它是不是真正的泡沫。

今天，中央及时地对中国的房地产市场进行调控，坚决"去库存"，并且还将用一些经济手段和法律手段进行严格的调控，实际上也是为了挤掉泡沫。

类似"郁金香现象"的经济现象，实际上就是一种"蝴蝶效应"。

美国气象学家爱德华·洛伦兹1963年在一篇提交给纽约科学院的论文中分析了这个效应。"一个气象学家提及，如果这个理论被证明为正确，一只海鸥扇动翅膀就足以改变天气状况。"在以后的演讲和论文中，他改用了更加有诗意的蝴蝶。对于这个效应最常见的阐述是"亚马孙丛林的一只蝴蝶轻拍翅膀，最终可以导致一个月后得克萨斯州的一场龙卷风。"

这就是说，在一个动力系统中，初始条件微小的变化，能带动整个系统长期的、巨大的连锁反应。

当今世界，经济全球化和反全球化的挑战并存，但是，全球经济的联系越来越紧密，依存度越来越高，特别是互联网的作用，更是缩短了经济活动的时空距离，"郁金香现象"的"蝴蝶效应"，仍然会一石激起千层浪！

34 拾麦穗

古时候，一位知名的老师让弟子们到田间去拾麦穗，说好了，一人拾一条垄，有一定的时间限制。每人到了垄的那头，一定要选择一个最大的麦穗，不能折回头再选择。

有的学生到了垄的那头，选择了一个麦穗，有的则两手空空，一脸茫然，一脸无奈。为什么？

在垄上，有人见了一个麦穗，觉得不够大，再往前走，见另一个麦穗比刚才的要大，但觉得还是不够大，再往前走。如此三番五次下来，不知不觉走到了麦垄尽头，才发现，刚才路上有几只麦穗其实也不小的，我怎么那么傻，竟然没有拾起来？这不，一个麦穗也没有拾起来，让人追悔莫及。

有的学生则不同，看见一个相对大的就下手，虽不能拾到最大的，但认为拾到的麦穗，应该是比较大的。

有的学生更不同，有一个相对大的马上拾起来，走着走着，见到另一个更大一点的，拾起来换手中的第一个，再往前走，再拾再换，手中始终有一个麦穗，到了麦垄尽头，手中当然有一个麦穗，而且是最大的了。

有人说，我用秤来称，看哪个是最大的麦穗；

有人说，我用尺子量，看哪个是最长的麦穗；

有人说，我建立一个数量模型，甚至用博弈论来博弈。当然也是可以，在现代，拾最大麦穗的方法可多啦！

有感而发

人的一生，就是选择的一生，几乎时时、处处、事事都要选择。

有的选择是选择对了，有的选择是选择错了，它们都会影响一个人的生活、工作和学习。

比如，有人说，女怕选错郎，男怕选错行。

有的选择，如果是选错了，还可以重新再行选择；但是，许多选择，是没有办法重新来一次的，是线性的，都是现场直播，并不是彩排。所谓"人生没有回头路""人生没有后悔药"，就是这个道理。

比如拾麦穗，目标是最大的一个，但人们并不知道前面还有没有更大的一个麦穗。我们都知道有未来，但

98　　我们都不知道未来是什么，这恰恰就是未来的魅力所在！

　　关键是，选择的标准是什么，选择的标准有几个，其实很多人并不清晰，所以，他的选择可能就是盲目的。

　　知道了选择的标准，再就是选择的方法。要过河，有没有桥，有没有船，可不可以游泳过去，可不可以摸着石头过河。方法路径很重要，它是人们选择后能否得到最佳结果的保障。

35　两个县令

古时候，有两个县紧挨着，是两个相邻之县。一个县的县令姓李，一个县的县令姓张。

一天，张县令坐在大堂上，只见一个衙役慌慌忙忙跑上大堂："报！"

张县令问："何事惊慌？何事喧哗？"

"报告县大老爷，大事不好，在我们与邻县的交界之处，死了一个人，躺在交界线上。"衙役大声汇报。

"那还等什么？我们赶快到现场。"张县令带领众人到了现场。不要说是古代，就是现在，出了这样的事，县领导也是要争取第一时间赶到现场的，态度决定一切！这就是责任！

李县令坐在大堂上，衙役也是这样汇报，李县令也同样急忙带领众人赶到现场。

两位县令看完现场，李县令哈哈大笑："贵县，据我勘查所知，这个人该您处理，我就告辞了。"

张县令说："贵县，这人是躺在交界线上的，应该是我们一起处理，怎么就该我处理呢？"

"这人虽然是躺在交界线上的，但是，您看他的头是在贵县您那边的。头是一个人最重要的部位，最重要的部位在您那边，当然就该您处理了。"李县令说得似乎有些道理。

"别忙，我再勘察一下。"张县令绕着死人转了一圈，想了想，也哈哈大笑起来："贵县，据我认真详细地勘察，我认为这个死人该您处理，我告辞了。"

"为什么呢？头不是在您那边的吗？"李县令不解地问。

"头是在我这边，但是，您看啦，脚是在您那边的。它说明什么？说明这个人是在您那边死了后倒过来的。"

有感而发

我在作"责任"方面的演讲中，多次引用过这个故事；在我写过的三本"责任"方面的书中，也都引用过这个故事。

记得有一次在一个公司对青年员工作"从责任走向优秀"的演讲时，演讲完后，我收拾笔记本电脑，正准备离开，一个男性新员工走上来问我："曾教授，我请教一个问题好吗？"

"请讲。"我说。

"您说的那个躺在交界线上的死人，到最后，到最最最后，是张县令处理的，还是李县令处理的？"

显然，这个小伙子进入角色了。

我没法回答他。这是我读小学时，我的老师给我们讲的一个故事。

当时，我的老师也没有给我讲最后是哪一位县令处理的。

我用这个故事，无非是要说人有推卸责任这个本性，哪怕是县大老爷。一个人，一旦推卸责任，什么事都会出问题。

而有的人，在听我演讲的过程中，看我写的书中的故事时，不去悟这个故事的道理、哲理，而是去钻牛角尖：曾教授，这个死人是男的还是女的？戴眼镜了没有？穿的什么衣服？穿的什么鞋？其实这些都不重要。我是要用这个故事，说明人都有推卸责任的本性而已。

36 某机场的招聘

某一年，我国某国际机场招聘员工，许多岗位都急需人才。机场的工作环境好，收入也不低，是很多求职者比较向往的，所以，雪片似的求职信寄到了机场。

对各个岗位的求职者都有很多个考试环节，面试、笔试、再面试，要过不少"关"。

第一道"关"是演讲，10 个人一组，每个人上台去演讲 5 分钟，演讲完毕，坐到下面来，听别人演讲。机场的有关管理人员、工作人员多人在场听，并一直在记录。

有人提出异议：

"我是考机械师，这个岗位与演讲有什么关系？为什么考这个？"

"我是考安检员，这个岗位与演讲有什么关系？为什么考这个？"

机场的人员没有过多解释，只说了一句："这是机场招聘的规定。"

没有办法，所有人都要演讲。

10个人都演讲完了，机场的人员进屋商量，让大家在外面等。过了一阵子，机场的人员出来宣布，哪些人到另外的屋去笔试，没有念到名字的，机场方表示遗憾——第一关就没有过！

没有过关的两人提出了异议，认为不公平：我们的演讲很明显比那几个都要好，为什么他们过关，我们不过关？

机场的人员没有马上解释，而是反问了一句："请你们回忆一下，你们刚才演讲完了后，你们坐在下面听别人讲的时候，你们都做了些什么？"

原来那两人演讲完了，自我感觉不错，于是，外出接个电话；在场发个短信；小小地眯上眼睛养神休息一下；拿本杂志、报纸出来看看，反正还有那么多人要演讲，还要等一会儿的。

其实，这些动作和表现，全部都被机场的有关人员记录下来，作为考核的依据之一。

机场的人员讲，我们是民航，是机场，安全是第一位的，安全最大的保证就是负责任，要求对每一项工作都要专心致志。一边听人家演讲，一边看杂志报纸，一会儿又去接打电话，这样的行为在工作中，要出大事的。

那两人完全明白了，后悔地说："你们怎么不早说呢？"

有感而发

　　一个组织招聘选人、提拔干部选人，会有很多方法，这个机场的方法是其中比较有特色，也是比较创新的一种。

　　一般的招聘都要笔试面试。现代招聘活动中，试题会有涉及很多方面，有很多形式，如无领导讨论，做游戏、开会、演讲、拓展训练，等等。组织者、招聘方会在暗中观察、考察，看应试者在这些活动中，自然而然的一些表现，而应试者的一些行为，会在这些无意的活动中自然流露。

　　如果仅仅是一般性的笔试面试，应试者早就准备好了，自我学习多次了，大都会回答得很漂亮。但是，招聘后到岗位工作，一些人的情形就大不相同了。

　　所以，在正规的笔试面试之外，如这个机场的这种考察方式，就能看出应试者平时的一些不经意的表现。

　　有的人平时就养成了一些不良习惯，关键时候就要吃亏了。

　　所以，现在不少组织考核员工和干部，实行了 360 度的考核方法，包括对干部的考察，既考察工作之中，还要考察八小时之外，进行全方位的考察。

37　某公司的招聘

某公司准备招聘 10 名员工。由于这个公司效益很好，应聘者甚众，竟然有 2 600 多份应聘书投到公司来了。

公司人力资源部王部长向公司老总反映，人力资源部只有三个人，在规定的很短的时间内很难把 2 600 多份材料认真仔细地看完。

公司老总对人力资源部王部长说，告诉你们一个方法：你们把所有应聘材料抱到大楼的最高处去，同时扔下楼去。看哪些材料先落地，初选就是他们了。

王部长不解。老总解释说：先落地的材料，要厚重一些，人家应聘者很认真，多写了几篇的；不太认真的人，只写了一篇，很轻，在空中老是飘不下来。

人力资源部王部长觉得此方法可行。结果用这个方法一试，先落地的 100 多份材料果然大多数不错。

于是，又对这 100 多个初试者进行了多轮的笔试面试，选择了 30 个人。王部长又向老总汇报，这 30 个人都很不错，考题用完了，实在难以再选择其中的 10 个了，问老总该怎么办。

老总说，再告诉你们一个方法：对这 30 份材料，随机地抽 10 份出来，就是他们了。

王部长更是不解，对老总说："这不是凭运气吗？运气好的人给抽到了，运气不好的就没有被抽到。"

老总说："王部长，你说得太对了，我们公司就是要一些运气好的人来工作。"

有感而发

这只是一个笑话，实际的企业招聘员工时，哪有用这样的方法的？

的确，在人力资源管理中，员工招聘真的是一项重要的工作，也是特别难的一件事。许多表现得很好的员工，是通过认真招聘而来的；而许多表现得不好，甚至很不好的员工，也是通过组织认真招聘而来的。

甚至有的国家、有的地区，领导人在选择接班人时，还经过了长期的考察，也是选择走眼了的。

宋朝的苏东坡发过这样的感叹：人难知也，江海不足以喻其深，山谷不足以配其险，浮云不足以比其变！

尽管人难知，但是还要知！知人才能善任！

38　方丈的招聘

一位台湾的演讲大师讲过一个故事，我这里演绎一下：

古时候，有一个和尚庙，香火很好，就如同一个企业的效益很好一样。企业效益好，客户就多，要来应聘工作的人就多；和尚庙香火好，来烧香拜佛、随喜功德的香客就多，要到庙里来当和尚的人就多。

企业效益好，不是随随便便哪个人都能来工作的，要笔试、面试；同样，和尚庙也要对前来当和尚的人进行考试。

只见一群年轻人跪在佛像面前，接受方丈的面试。

方丈问第一位："你为什么要来当和尚？"

答："我与爸爸妈妈商量，爸爸妈妈要我来当和尚，我就来了。"

方丈一听，气得发抖，气到什么程度，出家人本应慈悲为怀，但却忍不住对年轻人当头一棒："你自己就没有一点主意，爸爸妈妈叫你来你就来？"

又问第二位年轻人："你为什么要来当和尚？"

第二位年轻人很乖巧，他一看，和爸爸妈妈商量了的要挨打，马上说："报告方丈，我没有和任何人商量，我是自己要来的。"

方丈一听，照样气得发抖，气到什么程度，出家人本应慈悲为怀，但也是忍不住对年轻人当头一棒："你就这么自作主张？这么大的事，不和谁商量一下就来了？"（方丈生气了！）有时，当部下的也挺为难，你这样做不行，那样做也不行。

方丈又问第三位年轻人："你为什么要来当和尚？"

第三位年轻人看前面两位，商量的要挨打，没有商量的也要挨打，我该怎么办呢？一时半会不知道说什么才好。

方丈一看，照样气得发抖，气到什么程度，出家人本应慈悲为怀，但也是忍不住对年轻人当头一棒："你怎么就没有个缘由就来了？"

方丈又问第四位年轻人："你为什么要来当和尚？"

第四位年轻人正在发愁，不知道怎么回答时，猛然一抬头，看到了上面的佛像，马上说："报告方丈，我是受到佛祖的感召，就来了。"说得多好。

方丈听了，更生气了，气得发大抖，气到什么程度，出家人本应慈悲为怀，但也是忍不住对年轻人当头一棒，刚才都是一只手挥棒，现在是双手挥棒打下去："你、你、你想得出，你有这么大的本事，你能让佛祖感召你？我在这儿'工作'了30多年了，都没有得到佛祖的感召，难道你还比我厉害？"

方丈又问第五人："你为什么要来当和尚？"

第五个年轻人感到很为难：商量的挨打，没有商量的挨打，想不出理由的挨打，就连受到佛祖感召的都要挨打，我说什么好呢？小伙子很快想到了，计上心来："报告方丈，是佛祖感召了您，又通过您感召了我，我就来了。"

有感而发

这可能也是一个笑话。

但是，它给我一个很重要的启示，在公众场合，你表现得比方丈还要聪明，还要厉害，当然要挨打了。

我在《当好部下的艺术》一书和同名光盘中，都讲过这个故事。

会当部下的人，在公开场合就不要表现得比领导更聪明。而且，领导有什么不足和小过错，在公开场合也不能马上给说出来。比如，一位领导在会上说："2016 年我国的 GDP 增长了 7%。"其实，这显然是错了的。我国的 GDP 增长，2016 年一季度、二季度、三季度都是 6.7%，四季度是 6.8%。在这种情况，部下就不能当众马上说："领导，你说错了，应该是……。"那样的话，领导会下不了台。

部下在一定的场合，要给领导台阶下才行。

遇到这种情况，可以在会后，在私下场合对领导提出。这样，效果可能要好得多。

39 买土豆

两个大学生毕业了，同时分配到一个公司去工作，表现都不错。

两年过后，公司老总提拔了 A 大学生当副科长，B 大学生心理不平衡了：我们俩不是一块来的吗，我们工作努力都差不多，怎么提拔了他，不提拔我呢？B 大学生想不通。B 大学生找到老总，委婉地表达了自己认为不公平的看法，而且有离开公司之意。

B 大学生虽然没有很明白地说，但意思表达清楚了，公司老总也听明白了。

老总没有生气。换了有些情绪很急躁的老总，很可能会说："你还认为不公平？你还要走？这么大的公司就差你？走就走，有什么了不起，公司离了你也不会垮。请从这个门出去，出去后记住请把门关上。"

老总没有这样做，他非常有耐心。

老总说："小B，我会把这事向你解释清楚的。现在先请你帮我干一件事，干完了我再向你作解释。现在是下午四点半了，你到自由市场上去，看有什么东西卖没有，回来跟我说一声，我们公司的厨房晚上差点东西煮。"

小B说："那好，我去看一下。"小B去了，"噔噔噔噔"下楼，一会儿回来了。"老总，市场上有个农民推了辆手推车，在卖土豆（马铃薯）。"

老总说："好，这一车土豆大概有多少斤呢？"

"老总，我没问，你等一下，我去问清楚。"小B"噔噔噔噔"又下楼了，一会儿回来了。

"老总，一车土豆300多斤。"

老总又问："大概多少钱一斤呢？"

"噢，这个问题我还是没问。老总，那我再去问一下。"

小B"噔噔噔噔"又下楼了，一会儿回来了。"老总，8毛钱一斤。"

老总说："要是我们300多斤土豆全都买了，价格少不少啊？"

"噢，这个问题我要去问一下，老总你等一会儿。"小B"噔噔噔噔"又下楼去了。小B一会儿回来了，向老总汇报。"老总，6毛钱一斤他就卖。"

老总看小B跑了四趟，汗水都出来了，端一杯热茶过去，请小B坐下休息一会儿，喝口水。又把提了副科长的小A

叫过来，当着小 B 的面对小 A 说："小 A，你到隔壁市场上去看一下有什么东西卖没有，回来给我讲一下。"

小 A 说，"好，我去！"小 A "噔噔噔噔"去了，一会儿回来了。"老总，有个农民推着一辆手推车在卖土豆。"

老总问："土豆大约有多少斤重啊？"

"老总，我顺便问了一下，300 斤多一点。"

老总又问："多少钱一斤呢？"

"老总，我顺便问了一下，8 毛钱一斤。"

老总说："全部买了，他打折吗？"

"老总，我顺便问了一下，6 毛钱一斤他就卖。"

老总说："叫他来，我们全买了，厨房正差呢！"

"我已经把他叫到门口了，只等您一声令下他就进来。"

小 B 看到这个全过程，起身对老总说："老总，我干活去了，我会好好干的。"

有感而发

2005 年 9 月，我第二次到央视《百家讲坛》作"智商与情商"的演讲时，曾经讲过这个故事。

我也把这个故事写进了我的两本书。

到现在为止，还有不少人在引用我这个故事，津津乐道。

在今天的职场中，的确是有如小 B 这样的人，也的确有不少如小 A 这样的人。

在今天的职场中，有的人总是埋怨社会，埋怨公司（学校、医院、机关），埋怨领导，埋怨不重视自己、不重用自己，一味攀比。

其实，埋怨、抱怨的人，一味攀比的人，还要回过头来看一看，仔细地想一想，比的是什么？不能只比待遇、提拔、荣誉、职务，还要比责任、担当、能力、业绩，比贡献。而且，还要看自己的悟性、自己的效率。而且更要想一想，领导为什么不重用我，原因是什么。

40　斯巴达克斯方阵

古罗马有一个领导奴隶起义的伟大人物，叫斯巴达克斯（约公元前120—公元前70年），他是巴尔干半岛东北部的色雷斯人，是一个角斗士。他被送到卡普亚城一所角斗士学校参训。他鼓动同伴们夺取武装，逃到维苏威火山上发动起义。起义队伍由七十余名角斗士很快发展为十万余名，并多次战胜罗马军队。

公元前71年春，罗马奴隶主军队统帅克拉苏将军统率大军前往镇压，罗马军队四面围剿，终于在阿普里亚决战中将起义镇压下去，斯巴达克斯战死，余部在意大利许多地区坚持战斗达十年之久。

革命导师马克思称斯巴达克斯是"伟大的统帅，古代无产阶级的真正代表"。

列宁也赞誉他是"最大一次奴隶起义的一位最杰出的英雄"。

斯巴达克斯的故事写成了小说，搬上了银幕，有同名电影，也有以《角斗士》为名的电影。传奇的故事，越传越广。

有一个关于他的故事是这样的：

克拉苏将军带领的罗马军队把一群有数千人的奴隶起义者俘虏了，困在了一个广场上。在广场上坐着的被俘的奴隶们，低着头。

广场的四周满是克拉苏的士兵，手执刀枪。

斯巴达克斯就在被俘的人群中。

克拉苏将军和他的部下都不认识斯巴达克斯，但是，他们急于找到这位神奇的起义领袖。

克拉苏将军对起义奴隶讲话了：你们过去是奴隶，现在是奴隶，将来还是奴隶，你们起义做什么？只要你们交出斯巴达克斯，我就放了你们，你们都回去继续做奴隶。如果你们执意不交出斯巴达克斯，我会把你们统统钉死在十字架上。

广场上的数千奴隶板着脸，没有一个人讲话，甚至没有一个人发出一点声音。空气都凝固了！

克拉苏又说话了，显然是提高了嗓门，色厉内荏：我倒计时，从 10 倒数到 1，你们再不交出斯巴达克斯，统统处死！广场上的奴隶们还是没有一个人说话，广场上静得出奇！

于是，克拉苏开始倒计时：10，9，8，7，6，5，4，3，2，1。

当克拉苏数到 1 时，突然，只见广场上奴隶群中一个人站了起来，大声地说："我就是斯巴达克斯！"

马上，另一个奴隶站起来，大声地说："我才是斯巴达克斯！"

接着，另一个奴隶站起来大声地说了同样的话。

不一会儿，数千奴隶相继站起来，大声地重复着同样的一句话："我才是斯巴达克斯！"

这就是后来被誉为"固若金汤的斯巴达克斯方阵"。

有感而发

不少演讲者讲到团队与团队精神时，都要讲到这个故事。

我的演讲也不例外！

每个奴隶只要站起来说自己是斯巴达克斯，都知道其后果是要被处死的，但是，他们为什么全部都要站起来大声地说？是因为他们都要冒着杀头的危险救斯巴达克斯。为什么众奴隶愿意用生命和鲜血来保护斯巴达克斯呢？

是因为斯巴达克斯很帅气吗？不是！

是因为斯巴达克斯身材伟岸吗？不是！

是因为斯巴达克斯角斗的技能一流吗？不是！

是因为斯巴达克斯个人魅力征服了大家吗？也不是！

最根本的是奴隶们的愿景。

奴隶们为什么冒着生命危险起义，是因为他们作为奴隶，遭受着最野蛮的摧残。在人类社会的长河中，奴隶社会是最黑暗、最没有人性、最野蛮的一个人吃人的社会。奴隶主把奴隶当作牲口，任意宰杀。

斯巴达克斯振臂一呼，角斗士应者云集，跟着他起义。虽然失败了，被俘了，但是，起义的奴隶们希望用自己的生命和鲜血保护斯巴达克斯，当斯巴达克斯获救后，可以领导广大奴隶再行起义，砸碎奴隶制枷锁，获得自由！

虽然当时奴隶们还不完全知道这就是一项伟大的事业，但却是一种愿景、一种信念。所以，"我就是斯巴达克斯"，传为美谈，传至千古。

41 斯巴达克斯的角斗

斯巴达克斯身体强壮，力大无比，角斗技艺高强，一般的角斗士与他角斗，都败下阵来，或者是被他打伤、打死。

在一次角斗过程中，角斗场周围照样满是寻乐的奴隶主们。他们的取乐兴致已经不满足一个角斗士与斯巴达克斯单独角斗了，他们要让三个角斗士同时与斯巴达克斯角斗，认为这样更刺激。

被用来当角斗士的奴隶，都是身材魁梧、力气很大、经过角斗训练的人，都有相当的技艺。

角斗开始了。

只见三名角斗士一起上来与斯巴达克斯角斗，斯巴达克斯知道自己要输，虽然他们单个与自己比不如自己。但是，他们三人一起上，自己是角斗不过的。而斗不过可是要断送性命的。

斯巴达克斯知道，与一个角斗士角斗，自己定胜；与两个角斗士角斗，自己没有取胜的把握，输赢各占一半；与三个角斗士同时进行角斗，自己几乎就没有取胜的可能性。

对方角斗士们虽然也是奴隶，谁输了都要死，都很残酷，但生存的本能使得斯巴达克斯要拼命。见三个角斗士上来了，斯巴达克斯没有迎战，而是扭头就跑；其他三个角斗士见状，跟在后面紧追。

追赶的三个角斗士追了一阵子后，三人的距离拉开了，再追的结果，三人的距离越拉越大。

斯巴达克斯放慢速度，与第一个追到跟前的角斗士进行角斗，打败了他；第二个接着也追了上来，斯巴达克斯用同样的方法将其打败。最后再追来的，就只有一个角斗士了，斯巴达克斯最终打败了他。这是斯巴达克斯的各个击破战术。

有感而发

去掉角斗士（包括斯巴达克斯在内）相互角斗的残酷性，去掉奴隶主贵族们不顾角斗士奴隶们的死活那血腥的一面而外，从纯粹的角斗而言，斯巴达克斯的角斗是以智取胜的。

120

斯巴达克斯这是用了最典型的"各个击破"的方法。显然，这个方法很好，很奏效。

从其他三个角斗士来看，他们的失误就在于没有进行很好的团队合作。就个人的力量而言，分别与斯巴达克斯角斗是完全没有取胜的可能，但是，三个人一起上去与斯巴达克斯角斗，斯巴达克斯必败无疑。

于是，当斯巴达克斯跑起来时，三个角斗士完全可以在后面一起追，不要分开追，结果就会完全不同。

团队合作非常重要。小成功靠个人，大成功靠团队。

协同合作才是制胜的真正法宝！

42 农夫与哲学家

一个农夫去一个哲学家家里做客。

农夫不解地问哲学家："您每天不是读书，就是伏案写作，难道不觉得辛苦吗？"

哲学家说："因为我有事业心，所以不觉得辛苦。"

农夫又问："什么是事业心？"

哲学家想了想，说："我们不如来做个试验吧。只要你按照我说的方法去做一做，就知道什么叫事业心了。"

农夫点头答应。哲学家接着说："请将你的左手握成拳状，往前伸直，然后将右手也握成拳状，高高举起。接着迈步向前，每走两步后，将左手往两边摆动一下，然后再走两步，将举起的右手放下，又举起。就这样，一直重复着这些动作，并且转圈。"

虽然农夫不明白哲学家为什么要他做这些动作，但他还是照做了。大约过了半个小时，农夫受不了了。

哲学家问："感觉怎么样？"

农夫说："受不了，太辛苦了！"

哲学家笑着说："请问，你会耕田吗？"

农夫说："笑话，我是一个农夫，耕田是我的工作，我要是连田都不会耕，那还叫农夫吗？"

哲学家说："你能将你平时耕田时的动作，在这里示范一下吗？"

农夫毫不犹豫地做起了耕田时的动作。只见他左手握成拳状，往前伸直，然后将右手也握成拳状，高高举起。接着迈步向前，每走两步后，将左手往两边摆动一下，然后再走两步，将举起的右手放下……

农夫惊奇地发现，自己做的动作，与哲学家半个小时前让他做的动作一样。

哲学家笑了，问："你耕田的时候，觉得辛苦吗？"

农夫说："不但不觉得辛苦，还觉得很愉快。"

哲学家又问："都是相同的动作，一个觉得辛苦，另一个却不觉得辛苦，那是因为什么？"

农夫答："因为在耕田时，我心里想着丰收，所以不觉得辛苦。而刚才，我在做您让我做的动作时，心里什么也没想，所以觉得辛苦！"

哲学家拍手道："这就是事业心。因为你心里有了追求，所以长年累月做相同的事情也不觉得辛苦！"

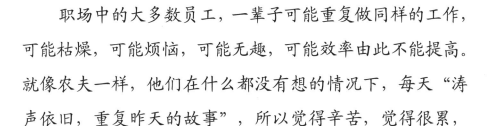
　　职场中的大多数员工，一辈子可能重复做同样的工作，可能枯燥，可能烦恼，可能无趣，可能效率由此不能提高。就像农夫一样，他们在什么都没有想的情况下，每天"涛声依旧，重复昨天的故事"，所以觉得辛苦，觉得很累，但是心里想着丰收、收获、追求，或许就不会觉得辛苦了。

　　这或许也就叫作"事业心"。

　　有了事业心，有了愿景，就有了希望，就有了动力，就有了精神，就会从"要我做"到"我要做"；就会从"今天干了，明天我不得不干"，到"今天干了明天我发自内心还想接着干"。

　　平凡的人，平凡的事如此，伟人、名人也是如此。

　　居里夫人对镭的研究，一遍又一遍地做实验，失败、失败、又失败，不知道失败了多少次；同时，实验也是枯燥的。但是，发现镭的事业心驱动着她在一次次失败的实验后继续实验，直至成功。

　　有了理想和事业心，在平凡中见伟大，在伟大中显平凡，再苦、再累、再枯燥，心也是甜的。

　　要实现自己的理想，成就一番事业，员工还必须把理想和事业落到实处，更重要的是要落实到责任上。

43　蚂蚁家族

蚂蚁，太小；大多数人都瞧不起蚂蚁。甚至有人会说："弄死你就像碾死只蚂蚁。"

你可能瞧不上一只蚂蚁，但是，十只呢？百只呢？千千万万只呢？

有人说，在非洲的草原上，如果看见成群结队的羚羊在逃命奔跑，那可能是狮群来了；如果发现狮群在奔跑逃命，那可能是象群发怒了；如果发现象群在奔跑逃命，那可能是蚂蚁军团来了！

蚂蚁家族和和睦睦，忙忙碌碌，蚁后生儿，工蚁持家，在我们从未看在眼里放在心头的原野繁衍生息……想不到小小生灵，竟活得如此滋润、如此有秩序，尤其令我震惊的是它们面对灾难时的行为。

野火烧起来的时候，众多蚂蚁聚拢抱成黑团，像雪球一样飞速滚动，逃离火海……

有感而发

看到这一段文字，我的心中莫名地震动了一下，深为这卑微的力量所感动，仿佛看见熊熊山火在烧，一团黑色正沿山脊流动；听到"噼啪"的烧焦声，那是最外一层的蚂蚁在用躯体开拓求生之路。

假如没有抱成团的智慧，假如没有最外一层的牺牲，渺小卑微的蚂蚁家族绝对全军覆没。

生命的渺小，全体的单薄并没有什么可怕，甚至命运的卑微也不能决断什么，可怕的是忽视了微薄的力量，懈怠了潜在的精神。

敬重卑微，使我把生命看得严肃，看得深刻厚重，看得伟大而坚强。

比起蚂蚁，我们有什么理由玩世不恭、自暴自弃？

伟人伟业毕竟是少数，既要敬重伟大，也要敬重卑微。

44 羊与狼

一只羊站在高处，低处有一只狼特别想吃这只羊，但无论怎么跳跃都到不了高处。

羊站在高处得意极了，蔑视着下面的狼，仿佛自己就是狮子了，根本瞧不起狼。

低处的狼对羊说话了："你不过是在高处而已，如果你下来与我站在一起，将怎样？"

有感而发

好一句"你不过是在高处而已！"

在高处的人，如果是水平比人家高，能力比人家强，业绩比人家好，这样的高处，人家也还服气。就算这样身在高处的人，如果谦虚一点、礼让一些，无条件地尊重别人，这样的高处，高得实在，高得有品位，高得让人佩服，让人觉得舒服；这样的高，更显得高尚、高洁、高深、高大、高雅。

在高处的人，可能是地位比人家高，从而权力比人家大。这样的身在高处的人，如果水平、能力、业绩都高，倒是让在下面的人打心眼里臣服。如果仅仅是因为位高权重，就看不起底下（低处）的人，甚至仗势欺人，那就完全不对了。一方面，在底下的人会打心里也瞧不起高处之人；另一方面，当有一天你不在高处，你又怎么办？

在高处的人，有可能是祖辈的资源继承，天生地让自己站在了高处，而不是自己打拼而来的。因此，这样的人更不应该瞧不起别人。因为起点并不是公平的，高处是别人给的。

所以，有人说了，身处高位的人，在高位时要善良，特别是要善待比自己地位低下的人。要知道，一个人，当的官再大，地位再高，一旦退休后，当不当官是一样的。

高处之人，善待低处的人，这样的高处才令人折服。

45 已知知识与未知知识的关系

在古希腊，有一个老师，是大学问家，在给学生讲学时，学生问了他一个问题，他非常正确地作了回答，但是，他发现学生还是一脸的不满意。于是，他向学生了解情况。

"我把你提的问题都回答正确了，你为什么还不满意呢？"老师问学生。

"老师，你的知识面这么广，学识这么渊博，你回答我的问题不仅仅是正确与否，而且还应该很从容、很自信、很有把握，但是，您回答的时候，怎么显得不是那么自信，不是那么有把握，不是那么从容不迫呢？"学生不解地问老师。

这个问题不是很好回答。老师也没有正面回答。

只见老师在黑板上画了两个圈，一个大圈、一个小圈。老师指着两个圈对学生解释说："这位同学，你不是说我的知识多一些吗？你看，这个大圈里代表的是我的已知知识，这个小圈里代表的是你的已知知识。而这些圈子外边的，则是大量的未知知识。对吗？"学生点点头。

老师继续说："我的圈大一些了，既说明我的已知知识多，但我的圈子边沿也就越大，接触的未知知识也就越多。所以，我回答你就显得没有把握、不自信，不是那么从容不迫了。"

老师接着得出了一个看似荒谬，但实则就在情理之中的结论："已知知识与未知知识成正比。"

有感而发

"已知知识与未知知识成正比"，这样的结论，初看起来是荒谬的，因为已知知识应该与未知知识成反比：我学到的知识越多，没有学的知识就应该越少。但是，老师画的两个圈，恰恰就说明了这个"正比"。我们常说的"学而知不足"，就是这个道理。

所以，中国的古训中就有"活到老，学到老"之说。

所以，真正有知识有学问的人，真正学富五车的人，真正学识渊博的人，是很低调、很谦虚的，因为他们知道，天外有天，山外有山，人外有人，自古高人在民间；而且，你今天比人家知识多，说不定人家明天就会超过你；而且，学问知识是没有底、没有顶的，知识越多，学问越是高深的人，他会知道，他要学的东西会越多。

46 贵在坚持

一次，苏格拉底在教室里给学生上课，对苏格拉底渊博的知识佩服得五体投地的学生们向他提问了："老师，我们怎样才能学到像您那般博大精深的学问呢？"这是一个一时说不清楚的问题。

苏格拉底没有正面回答他们，微笑着对学生们说："同学们，都站起来，跟着我做一个动作，你们就能获得我这样多的知识了。"

学生们听了，很惊喜，能学到老师那般的学问，是不得了的；跟着做一个动作就能够学到，更不得了！大家怀着将信将疑的心情都站了起来。

"同学们，两脚分开，齐肩而站。"大家纷纷跟着苏格拉底做。

"两手同时向前摆动，再向后摆，每天300次。"苏格拉底边说边示范。

苏格拉底说完做完，全教室的学生们哄堂大笑。

一个月过去了，苏格拉底问同学们："每天300次的请举手。"

90%的同学举起了手。

一年过去了，苏格拉底问同学们："每天300次的请举手。"

只见学生们纷纷低下了头，只有一位学生举起了手，他就是苏格拉底最得意的学生——柏拉图。大家明白了："贵在坚持！"

有感而发

做学问、学知识，贵在坚持，其实做任何事情都需要坚持。坚持才能成功，坚持才能取得胜利。

现代京剧《沙家浜》中有一段：日伪军封锁了芦苇荡，老百姓不能到芦苇荡里去捕鱼捉蟹，当然也就不能给新四军伤病员送医送药、送粮食。十八个新四军伤病员没有粮食、没有医药，形势非常困难，指导员在京剧中的道白有一句是这样的："胜利往往就在最后的坚持之中。"很多事情、很多工作，坚持下去，就有取胜的可能和希望，要是放弃了，连一点希望都没有了。

1974年7月31日，我在原四川省涪陵县（现为重庆

132 　市涪陵区）龙潭人民公社落户当知青。当晚，在知青屋，我独自一人，对着一碗煤油灯，对自己的前途感到十分渺茫。思前想后，我用毛笔写了一个条幅"贵在坚持"，挂在了屋子里。这个条幅对我坚持下去，当好知青有较好的激励作用。

　　以后进工厂、读大学、在学校教书，我都想到了我当知青时的这个条幅，它对我激励有加！

47 制造什么

日本的松下幸之助，人称"管理之神""经营之圣"，他的经营管理能力特别强，经营理念非常先进，他把自己的松下公司打造成了世界 500 强企业。

曾经有一次，他非常正式地问他的下属："当有人问你们，松下公司是制造什么的，你们应该怎样回答？"

松下公司的员工谁不知道自己公司是制造电器的？面对老总的提问，员工都感到茫然。

看着员工一片茫然的神情，松下幸之助自问自答："我们松下公司是制造人、制造人才的，我们兼做电器生意。"

有感而发

松下公司主要是制造、生产什么产品？谁人不知？谁人不晓？就像歌声一样的广告词更让人知道了"松下电器"。当然，松下公司的每一位员工就更是知道的了。

松下公司老总为什么明知故问？用意十分明显！

人人都知道："人品决定产品"，人都不会做，怎么可能生产出让用户满意的高质量的产品呢？

要想生产出好产品，先要学会做人，先要提高员工的素质、素养和能力，员工先要修炼自己，成为一名优秀的公司员工，那么，产品、好产品自然而然就会生产出来了。

48 一磅铜的价格

"二战"期间，在奥斯威辛集中营，一个犹太人对他的儿子说："现在我们唯一的财富就是我们的智慧，当别人说一加一等于二的时候，你应该想到一加一大于二。"

在这个集中营，纳粹毒死了536 724人，这父子二人却活了下来。

1946年他们来到美国，在休斯敦做铜器生意。父亲问儿子："一磅铜的价格是多少？"

儿子回答："是35美分。"

"对，整个得克萨斯州都知道每磅铜的价格是35美分，但作为犹太人的儿子你应该说35美元，你试着把一磅铜做成门的把手看一看。"

20年后，那位父亲死了，儿子独自经营铜器店，他做过铜鼓，做过瑞士钟表上的簧片，做过奥运会的奖牌。他曾经把一磅铜卖到3 500美元。不过，他这时已是麦考尔公司的董事长。

1974年，美国政府为清理给自由女神翻新扔下来的废料，向社会广泛招标。正在法国旅行的麦考尔公司的这位董事长听说了这件事，立即乘飞机赶往纽约。看到自由女神下堆积如山的铜块、螺丝和木料，当即就签字揽了下来。

纽约的许多运输公司为他的这一愚蠢行动暗自发笑，因为在纽约州对垃圾的处理有严格的规定，弄不好就要受到环保部门的起诉。

这位董事长让人把废铜熔化，铸成小自由女神像，把水泥和木头加工成底座，把废铅、废铝做成纽约广场的钥匙，最后他甚至把从自由女神像身上扫下来的灰尘都包装起来，出售给花店。他让这堆废料变成了 350 万美元现金，使每磅铜的价格整整翻了一万倍。

有感而发

许多人认为，犹太人是世界上最聪明的人，智商高。马克思、爱因斯坦、弗洛伊德、毕加索、门德尔松、柏格森、胡塞尔、李嘉图、费米、摩根、洛克菲勒、卡耐基、基辛格等，都是犹太人，还有很多商界奇才也都是犹太人。

一磅铜，只卖原料，价格当然就很低，赚不了什么钱；而用铜生产出铜的加工制成品，包含了人工、科技的附加值，价格当然就会高许多倍。

在今天的经济发展中，我们要善于把资源转化为资产，再把资产转化为资本，这样增值的空间就很大了。这种转化的节点在智慧、在科技、在人才！

所以，智慧城市、智能制造，成为中国经济发展的主旋律，成为我国从制造大国转向创造大国的关键。

49 可口可乐的传说

在美国亚特兰大市，可口可乐的创始人最初用小车每天把一桶可口可乐推到沙滩上去卖。

有一天，一个人神秘兮兮地对他说："你要是想把你的饮品销量增加一百倍的话，我可以教你一个方法，但是以后你要让我占有将来的公司 50% 的股权。"

可口可乐的创始人感到神秘莫测，半信半疑，当然最后也同意了。于是，他们一起到律师那儿签了一份合同。

合同签好以后，那人告诉他的方法是：把它装入瓶子。

从此以后，瓶装的可口可乐便开始流行，并逐渐成为一种销量最大的国际饮品。

有感而发

显然，把可乐装到瓶子里去卖，是一个很好的主意，是一个非常创新的点子。它看起来很简单，事后有人会说：哇，这么简单，谁都会想得到，怎么就要了 50% 的股份？

其实，很多创新的点子看起来都是很简单的，特别是事后，不少东西想起来觉得太简单，但是，当时当事并不简单，很多人都没有想到。

创新创造的思维、点子，就如同一张纸，一张薄薄的窗户纸，没有捅破它之前，它是一堵厚厚的城墙，如果捅破了，就是这一张纸而已。

创新创造非常重要，德鲁克说过：一个企业，要么创新，要么死亡。当前，全国上下都在进行大众创业、万众创新、企业创新、产品创新、管理创新、制度创新、机制创新、项目创新。我们要把创新创造落到实处，让创新创造结出丰硕的成果。

50 活鳗鱼的秘密

古时候，有一个国家的渔民到江河湖海里去捕一种名贵的鳗鱼，活的鳗鱼很值钱，死了的鳗鱼就不值钱了。于是，渔民们捕到鳗鱼后，把其他不是鳗鱼的鱼都扔掉，载着一船纯之又纯的鳗鱼心急火燎地上岸到集市去卖。但是，再快也没有用，到了集市，鳗鱼大都死掉，卖不了多少钱。

只有一个渔民，他的鳗鱼大多数是活的，卖了大钱。

其他的渔民很奇怪，纷纷去看这个渔民有什么奇特之处，没有！

老渔民死之前把儿子叫到跟前，告诉了儿子这鳗鱼活下来的秘密：大家捕了鳗鱼往回走后，你留下来，再捕一网不是鳗鱼的鱼扔进去。其他渔民是一船纯之又纯的鳗鱼，鳗鱼躺在船里不动，不能呼吸水表面的氧气，就窒息死亡；你把杂鱼与鳗鱼混在一起，鳗鱼就会游动，能呼吸水表面的氧气，就活下来了。

有感而发

类似的故事还有，比如鲶鱼效应。

《汉书》中有一句话："水至清则无鱼，人至察则无徒。"意思是说，河水太清澈了，鱼儿就没法生存；一个人太苛刻了，就很难交一些朋友，没有人敢跟他打交道。

我国的经济发展也是如此。过去纯之又纯的公有制经济，一直发展得不是太好。在党的十一届三中全会以后，我国进行体制改革，发展市场经济，发展多种经济形式，以公有制经济为主体，多种所有制经济共同发展，特别是重点发展混合所有制经济，很重要的也是要产生一种鲶鱼效应。如果实施股份制经济，这种鲶鱼效应就更突出，在内部竞争、内部监督方面，尤其能够产生重要的作用。

51 应聘应试

一位研究生，毕业前到四川成都某大公司应聘工作，只有 5 个职位，却有 60 多人应聘，而且对学历、层次的要求都较高，竞争激烈。

应聘要进行多次笔试面试，第一次笔试面试不成功，后面的考试就没有机会了。

60 多位应聘者在会场坐下，会议开始了，内容很多，其中一项内容是公司的一位副总给应聘者介绍公司的情况。

会议结束时，公司人力资源部的一位工作人员上台宣布，第一场考试开始了，要求大家针对今天的会议，包括副总的情况介绍，写一篇 2 000 字以上的会议纪要，公司将根据这篇纪要决定应聘者是否参加下一场考试。

一半的应聘者都傻眼了，自己没有做记录，怎么写会议纪要？有不少人当场就叫起来了："你们怎么不早说要写会议纪要？"

有感而发

现在职场中的招聘，考题越来越花样翻新，考试也越来越规范。笔试、面试、360度考试。这个公司的初试，也可以说是一种比较特别的形式。

一方面，作为应聘者不可能把什么都能做好，也不可能知道招聘方要考什么东西。但是，另一方面，一些最基本的东西、一些常识性的东西，还是应该具备。

开会要做笔记，这是常识！你没有记笔记，人家记了，人家可能就把纪要写得好，你就可能写得不好。

大家都是本科生、研究生，从大学毕业出来的人，差也不会差到哪里去，可能就是这一点点，差距就出来了。

在学校学习就应该养成一些细小的、基本的习惯；参加工作后，一些工作人员基本的东西是要具备的。开会做笔记，这是再基本不过的了。一是可以记住一些有用的东西，好记性不如烂笔头。二是做笔记也是对演讲者、作报告者的一种尊重。三是领导布置工作，你记好了笔记，今后在执行中，会不走样地做下去。当然，去应聘工作成功，这也是重要的一个方面。

52 如此胆大

很早以前,一群人上山打猎,为首一汉子人称"张大胆"。

大伙走到半山腰,云雾缭绕,能见度很低。霎时间,人群中有人惊叫:"老虎!"大家定睛一看,一只大老虎张牙舞爪,正向大家扑过来,大家毫无防备,十分危险。

只见张大胆急中生智,迅速取下强弩,张弓开箭,只听"嗖"的一声,射中老虎了。奇怪的是,老虎也没有叫,大伙不敢上前,原地静候。

浓雾渐散,大家壮着胆子上前看"死老虎"。看后,大家都笑起来了:哪里是什么老虎,是一块很像老虎的大石头。

但是,让大家惊奇的是,大石头却被张大胆的一箭射裂了缝!

后来,村子里传开了:"张大胆力气很大,一箭穿石。"

没有上山的人都不相信。有好事的人,找来同样硬度的石头,让张大胆再射,但张大胆无论怎样用力射,无论射多少箭,石头都没有被射出裂缝。

有感而发

人，都有一种置之死地而后生的本能。

到了死地、到了一种困难特别大的时候、到了一种几近绝望的时候，可能会变压力为动力，可能会激发出人身上最大的潜能，爆发出最大的能量，可能是平时力量的多少倍。

当年韩信打仗就用了一招"背水一战"，让士兵们没有了退路，只能奋勇杀敌。

我们的《义勇军进行曲》，后来成了《中华人民共和国国歌》，其中就有一段："中华民族到了最危险的时候，每个人被迫着发出最后的吼声。起来！起来！起来！我们万众一心，冒着敌人的炮火，前进！"

类似张大胆射虎的故事现代也有：

有一家人，家里着火了，大家冲进火海抢救财物。只见一个男士(这家里的主人)背起一台冰箱，快步出了屋子。事后，大家都很惊讶，这么大的一台冰箱，他怎么背得动的呢，再让他背一次，他却怎么也背不动了。

有一个小孩，坐在父亲的摩托车后面，在路上行驶。摩托车出了事故，父亲摔倒在地上，受伤不轻，而且被摩托车压住了，不能动弹。小孩却基本上没有受伤。这时摩

146 托车上的汽油漏了出来，情况很危险，因为摩托车上的汽油向外越漏越多，很有可能燃烧爆炸，被摩托车压在下面的父亲有生命危险。只见那小孩用力将摩托车移开了一点，将父亲扶起离开了现场。一会儿，摩托车真的爆炸并燃烧了。后来赶来施救的人们感到好奇，这么重的摩托车，小孩怎么可能移得动？再叫小孩来移一次，小孩怎么也移不动了。

惊人的力量可能来自最危险的时刻！

53 亚默尔淘金

19 世纪中叶，美国加州传来了发现金矿的消息，许多人认为这是一个千载难逢的发财机会，纷纷奔赴加州，很快掀起了淘金热。

年仅 17 岁的小农夫亚默尔也加入了这支庞大的淘金队伍，他同大家一样，历尽千辛万苦，赶到加州。

淘金梦是美丽的，做这种梦的人很多，而且还有越来越多的人蜂拥而至，一时间，加州遍地都是淘金者，自然越来越难淘到金子。

不但金子难淘，而且生活也越来越艰苦。

当地气候干燥，饮用水奇缺，许多不幸的淘金者不但没有圆发财梦，反而丧身此处。

小亚默尔经过一段时间的努力，和大多数人一样，没有发现黄金，反而被饥渴折磨得半死。不过，他不像其他人，只想着怎样获得意外之财或一夜暴富，他在艰苦的生活中静静地寻找机会。

148　　　　一天，他望着水袋中一点点舍不得喝的水，听着周围的人对缺水的抱怨，亚默尔突发奇想：淘金的希望太渺茫了，还不如卖水。

　　于是，他毅然放弃找金矿的努力，将手中挖金矿的工具变成掘水渠的工具，从远方将河水引入水池，用细沙过滤，制成清凉可口的饮用水。然后，将水装进桶里，挑到山谷一壶一壶地卖给找金矿的人。

　　有许多人嘲笑亚默尔，说他胸无大志："千辛万苦地赶到加州来，不挖金子发大财，却干起这蝇头微利的小买卖，这种生意哪儿不能干，何必跑到这里来？"亚默尔毫不在意，不为所动，继续卖水。哪里有这样的好买卖？几乎是无成本；哪里有这样的好市场？他是在另类淘金。

　　结果，大多数淘金者都空手而归，而亚默尔却在很短的时间内靠卖水赚到6 000美元，这在当时是一笔很可观的财富了。

有感而发

　　一个人，在人生漫长道路上，要不忘初心，要制订一个个目标，先制订小目标，然后制订中目标、大目标，向它努力奋斗。

　　目标是正确的，就必须坚持，努力达成目标。

　　但是，随着时间的推移，当初制订目标时的环境和条件发生了很大的变化，如果再死守着当时的目标，要么不能达成，要么达成后付出的代价太大，得不偿失。于是，完全可以对当时制订的目标进行一定的修正、改变。

　　如上面故事讲到的小亚默尔，如果死守着淘金的目标，他能淘到很多金的可能性极小，而且可能付出生命的代价也不一定有什么收获。他能适时调整目标，进行了另类淘金，获得了很大的成功。

　　显然，亚默尔根据情况的变化适时调整目标是正确的。

　　一个人、一个组织、一个地区、一个社会、一个民族，对目标的确定要慎重，特别是重大目标、中长期目标，要慎之又慎。一旦确定了目标，轻易不要更改。就是要更改，也要慎之又慎，特别是要进行认真的可行性论证。

54 老子问道商容

据说，非常有学问的老子，曾经向一位 100 多岁的商容老先生请教为人处世之道。

据说商容老先生并没有正面回答老子的问题，而是张开自己嘴，对老子说："您看，我的嘴里就有为人处世之道。"

老子认真地把商容老先生的嘴里看了个仔细，摇了摇头，没有看出来这为人处世之道在哪里。

商容笑着问老子："您看我有牙齿吗？"

"没有。"老子已经认真看过了，确实没有。100 多岁的人了哪有牙齿？"一望无牙！"

"您看我有舌头吗？"商容又问。

"您当然有！"老子认真看过了的，确实有的。

老子马上悟出来了："感谢老先生的指点！"

有感而发

为人处世之道很重要，但是，为人处世之道、怎样为人处世，岂是几句话就能说得清楚、道得明白的。

有人说，怎样为人处世，是一本书，是一本厚厚的书，是一本厚厚的"天书"，可能一辈子都读不完，读不懂。

有的人到了人生的尽头，可能才读了这本天书的目录，正文还没有看——还不会为人处世。

为人处世之道，是人们在人际交往中悟出来的、总结出来的，甚至是吃了不少亏，付出了很大的代价换来的，有许多是言传不了，意会才明了的。

商容让老子看自己的牙齿和舌头，老子很快就悟出来了：太刚硬的牙齿，终究会一颗颗掉光，而柔软的舌头却能与人相随到永远。当然，一个人既有牙齿又有舌头，就更好了。

与人相处，为人处世，太刚了容易产生矛盾。太柔软了也并不好，可能没有原则性、不果断。怎么办？刚柔相济，以柔为主，以柔克刚；阴阳协调，以阴为主，以阴化阳。用软绳子套猛虎。

有道是，一时强弱在于力，千秋胜负在于理。

55　问路

一个外国人到德国的街上，向德国当地人问路。

"我要到某某地，需要走多少时间？"问路的人说。

德国人听懂了，但没有回答。

问路的外国人就自己走开了，被问路的德国人就在那里看问路的人走。待外国人走了 10 多步后，德国人很热情地跑上来告诉外国人：应该怎么走，要走多少时间。

外国人好奇地问道："刚才问你，你怎么不说，要等我走了 10 多步路才跑过来对我说，这不是很费劲吗？"

德国人笑着对这个外国人讲："刚才你问我要走多久，我怎么知道你一步走多远？我要等你走了一段路后，我才算得出来你要走多少时间。"

有感而发

我去过四次德国，对德国的经济发展印象很深。

在欧盟的诸多国家中，德国的经济发展应该是较好的之一。

德国的经济之所以发展得这么好，原因有多方面的。所谓成功是各个方面的协调，失败是一个环节的失误。其中，特别重要的是一个"精"字。

德国人做人、做事、做学问、做管理都很精，精到有点"呆板"的地步。按常人的思维好像都想不通，如上面那个故事中的问路。

现在的社会，甚至全世界，产能过剩，产品过剩，大排档的东西太多，靠创新才是根本出路。但是，真正的创新其实很难，大多数的创新可以放在做精上。当你的产品、服务精益求精了，成为精品了，这就是你的特色、优势了，也就是一种创新了。

德国人的生活、工作、学习养成了"精"的习惯，成为了一种风气。下面这个故事与前面那个问路的故事很相似。

一位演讲大师也讲了他的亲身经历：几个朋友到德国人家里做客，主人问客人喝什么，客人们一一作了回

154　　答，但是，主人还要加上一句：你们是喝一个满杯呢？还是二分之一杯？还是四分之一杯？看，德国人的确很精细的。当客人离开时，主人还会说："先生（女士），您刚才要的是一个满杯的水，但您才喝了半杯，希望您喝完了再走。我们德国的水资源虽然很丰富，但是，我们还是要节约用水。"

56　九方皋相马

战国时，秦穆公让伯乐给他推荐一个相马的高手，伯乐推荐了九方皋。

秦穆公便派九方皋去找千里马。

三个月后，九方皋回来对秦穆公说已找到一匹，在沙丘那个地方拴着呢，是一匹黄色的母马。

秦穆公听了大喜，要知道，千里马是很难得到的。秦穆公叫人把马牵来一看，却是一匹黑色的公马。

秦穆公很生气！

秦穆公便叫来伯乐，说："你推荐的九方皋连马的颜色和公母都分不清楚，哪里会相马？"

伯乐一听大惊，说："不可能的！九方皋相马的水平很高，比我还要高呢。"

然后又对秦穆公说："这肯定是一匹非同寻常的千里马。"伯乐亲自去看马，果然是一匹千里马。

秦穆公认为九方皋连马的颜色和公母都分不清楚，哪会懂得相马。而伯乐说他比自己还强，这是为什么？因为九方皋是看马的本质，是否具有千里马的特征，至于什么颜色，至于这匹马是公是母，并不重要，他没有必要注意。

有感而发

在作关于人力资源、人才方面的演讲时，我多次讲过这个故事。

有人说，人才人才，是才都偏，偏才；是才都怪，怪才！只要符合人才的主要标准，至于其他一些无关紧要的问题，可以忽略不计。

注重问题的关键，抓住问题的本质，才可能得到真正的千里马，才可能得到真正的人才。

据说，在美国硅谷也有一个类似的故事：

某公司到一个大学去招聘人才，有一个博士进入了视野。这个人才太有本事、太有潜力了，公司准备引进这个人才。但是，他们发现，这个博士有非常独特的生活习惯：晚上基本不睡觉，一直在搞研究，凌晨才睡觉。到了上午11点才起床，起床后洗漱、吃饭（也不知是早饭还是午饭），休息一会儿打高尔夫球。晚饭后又开始研究。

公司有人对这个人才提出了异议：这样的人来，不是会破坏公司的规章制度吗？要是全公司的人都像他这样子，怎么行呢？

但是，公司董事长力排众议，引进并重用了这个人，还为这个人才专门制定了一套规章制度：一人一制。后来，这个人才为公司作出了重大贡献。

57 兄弟分苹果

有一个苹果，兄弟俩都想吃。母亲出台了第一个制度：比力气。谁的力气大，谁抢到谁就吃苹果。

于是，兄弟二人就动起武来，有可能苹果还没吃到，却两败俱伤。

这显然不是好制度，可能是坏制度。

母亲见兄弟二人要动武，认识到问题的严重性，马上改变，出台了第二个制度：君子动口不动手，谁的道理讲得好，谁就吃苹果。

相比之下，比前面要动武的制度应该是一个好制度了。

于是，两弟兄分别都讲起道理来。老大说："弟弟你要让我吃。"并找了好多好多理由，特别是找了一条这样的理由："我是老大，如同机器一样，机器大了，耗的油就要多一些。"

老二不服气，说："哥哥，你想得出来，从来都是大的让小的，怎么会要我这个小的让大的呢？"

"怎么没有，古代就有孔融让梨，不就是小的让大的吗？"老大说。

"那是让梨，今天是苹果呀。"弟弟也有道理。

这种讲道理的方法也不行，也讲不出个结果。

有道是，任何荒谬的理论都可以找到事例加以佐证。显然，通过讲道理吃苹果也不能算是好制度。

母亲略一思考，计上心头，找来一把小刀，对两弟兄说："资源禀赋稀缺，只有分配了，你们用刀切一下，一人吃一部分。"

相比之下，这应该是一个较好的制度。

问题是谁掌握切苹果分配的刀呢？两人都希望自己掌握刀，从具体情况看，谁掌握刀，谁就有可能给自己多分一点。

见兄弟俩开始争抢小刀，母亲出台了第四个制度：掏出一个硬币，让兄弟俩各要一个面，然后将硬币往天上一抛，结果，老大要准了，掌握切刀。老二可不高兴了，老大掌握刀，他给自己多切一点，我不就少吃了吗？

母亲出台了第五个制度：掌握刀切苹果的人，后选苹果。

有感而发

类似这种故事的，还有七人分粥，等等。

分配，是一个很难的问题，也是一个很难做到人人都满意的问题。因为分配的是利益，"利"字旁边一把刀！涉及利益问题，涉及分配，就容易出事：大家都想给自己多分一些。

而在分配过程中，分少了的人，很多人会感到不满意；就是多分到的人，也会有人感到不满意。为什么呢？问题主要出在哪里呢？

原因固然有很多，但制度设计可能是主要原因，除此之外，问题还主要出在掌握分配刀子的人，先选了苹果。

掌握分配刀子的人，手中有权力，要想解决问题，一方面，要对权力进行制约，把权力关进笼子里；另一方面，掌握分配权的人，要"后选苹果"。

58 开发澳洲

1770 年，库克船长带领船队本来是要到东印度公司，但却误到了澳洲。他们一看，澳洲没有主人的土地那么多，就遍插旗帜，旗帜所插之处，就成了英国陛下的土地。随即，英国政府宣布澳洲为其领地，开始殖民。于是，开发澳洲的事业开始了。

谁来开发这些不毛之地呢？当地的土著居民人数不多，且未开化，只有靠移民。当时，英国主要是向美国移民。于是，政府就把判了刑的罪犯向澳洲运送，既解决了英国监狱人满为患的问题，又给澳洲送去了丰富的劳动力。

运送罪犯的工作由私人船主承包，这种移民活动一直持续到 19 世纪末。开始时，英国私人船主向澳洲运送罪犯的条件和美国从非洲运送黑人差不多，船上拥挤不堪，营养与卫生条件极差，死亡率高。

据英国历史学家查理·巴特森写的《犯人船》一书记载，1790 年到 1792 年间，私人船主运送犯人到澳洲的 26 条船，共 4 082 名犯人，有 498 个犯人死亡，平均死亡率为 12%，其中一条名为海神号的船，424 个犯人，死了 158 个，死亡率高达 37%。

这么高的死亡率不仅造成经济的巨大损失，而且道义上也引起社会强烈的谴责。

如何解决这个问题？

第一种办法：进行道德说教，让私人船主良心发现，改恶从善，不图私利，为罪犯创造更好的生活条件。一句话，依靠人性的改善。这种寄希望于人性的改善有用吗？中外历史上都有人性善恶之争，后来叫"X，Y 假说"。有人说人的一半是天使，一半是魔鬼。人的本性有很强的利己性，据说生物学家已经从基因复制的过程证明了这一点。从利己出发，也可以做善事。

利己的人不等于就不利他。比尔·盖茨是世界首富，如果他没有利己性，没有很强的利己性，或许就没有今天这样的成就。但是，这与他有很强的利他性并不排斥。他解决了那么多的人就业，他提出员工"分享一切"，他宣布，死后的个人财产，除了 2 000 万美元留给两个孩子以外，都要作为基金捐献给社会。所以，有人说，"历史进步正是利己心推动的。"这句话是不是一定就正确，应该是值得商榷的。至少我们可以看到利己的另一面：从利己出发，也可以做恶事，一切罪恶也都来自利己。

私人船主敢于乘风破浪，冒死亡的风险把罪犯送往澳洲，是为了暴利。他们尽量多装人，给最坏的饮食条件，以降低成本，增加利润，这都是无可厚非的理性行为。而且，私人船主之间也存在竞争，大家都在拼命压低成本，谁要大发善心，恐怕在激烈的竞争中就无法生存下去。

在这种情况下，要把运送罪犯的死亡率的下降寄希望于人的善良，是毫无用处的。

经济学家解决一切问题的出发点永远都是承认人性，而不是改善人性。

第二种办法：由政府进行干预，强迫私人船主富有人性地做事。这就是政府以法律形式规定犯人的最低饮食和医疗标准，并由政府派官员到船上负责监督实施这些规定。市场经济应该有序，这种正常秩序的建立，离不开政府的干预，离不开立法和执法。但政府的干预也不是万能的。这种政府派员监督的做法，成本是很高的。要派官员到运送犯人的船上去执法，这当然是一件苦差事，不给高薪是没人干的。但有了这些官员，罪犯的待遇就可以改善吗？

官员也是利己的，甚至说也是有自己的利益的。如何监督船上的官员秉公执法呢？就再派监督官员的官员，"廉政公署"的人去。这些监督官员的官员的官员的官员的官员，也都是人，其本性也有利己的一面，一直利用"官员的官员的官员的官员的官员"这样监督下去，哪儿才是个头。

面对贪婪成性又有海盗作风的船主，官员面临两种选择：

一种是与船主同流合污，分享利润；另一种是严格监督，坚决执法。如果派去的官员选择严格监督、坚决执法，那么，自己和亲人的生命可能会受到威胁。在无法无天的海上，把那些不识相的官员干掉，扔到海里，诡称他们暴病而亡，对船主来讲不是件难事。面对船主的利益诱惑和威胁，官员在博弈中也可能选择利益最大化，降低交易成本。他们的最优选择也只能是与船主合作。当猫和老鼠合作时，老鼠们便敢胆大妄为了。

否定这两种做法后，还有其他办法吗？

人们既不要乞求船主发善心，也不要委派什么官员，而是找到了一种简单易行的办法（第三种办法）：靠制度，靠一种好的制度来解决这个难题。

这项制度就是：政府并不按上船时的罪犯人数付费，而按下船时实际到达澳洲的罪犯人数付费。当以前按上船时的人数付费时，船主就拼命多装人，而且不给罪犯吃饱，把省下来的食物运到澳洲卖掉再赚一笔。至于多少人能活着到澳洲，与船主无关。当按到达的罪犯人数付费后，船主就不会想方设法多装人了，而是要更多地给每一个罪犯一点生存空间，要保证他们长时间在海上生活仍然能活下来，要让他们吃饱，还要船主自己去配备医生，带点常用药品。罪犯是船主的财源，当然不能虐待了。这种按到达澳洲的罪犯人数付费的制度实施后，效果立竿见影。

164　　　1793 年，三条船到达澳洲，这是第一次按从船上走下来的人数支付运费，422 个犯人中，只有一个死于途中。

此后，这种制度普遍实施，按到达澳洲的人数和这些人的健康状况支付费用，还有奖金。这样，运往澳洲罪犯的死亡率下降到 1% ~ 1.5%，新制度在这里显现了强大的动力。私人船主的人性没有变，还是利己性为主，政府也不用立法或派员监督，只是改变了一个付费制度，一切都解决了。

有感而发　　　　　　　　　　　　　　　　　　　　　⟶

这正是经济学家强调制度的原因。

这正是管理学家强调制度的原因。

这正是我在很多演讲中特别强调制度管理的重要原因。

经济学家哈耶克曾经说过：一种坏的制度可以使好人做坏事，而一种好的制度使坏人也做好事。

制度是一种环境，这就是我们常说的环境决定人。

而好制度的制定，好制度的安排，好制度的环境，当然有可能把好人变得更好，把坏人也变好。好制度能把一个组织、一个国家、一个社会引向胜利辉煌的彼岸，坏制度会把一个组织、一个国家、一个社会引向灭顶之灾的深渊。

制度并不是要改变人利己的本性，而是要利用人这种无法改变的利己心去引导他做有利于他人、有利于企业、有利于社会的事。

有一位学者认为，制度的设计要顺从人的本性，而不是力图改变这种本性，所谓江山易改，本性难移——无论是最有煽动性的说教，还是最严酷的法律，人的利己无所谓好坏善恶之分，关键在于用什么制度往什么方向规范和引导。

有一位姓张的学者在他的一本书中，甚至提出了"制度决定一切"的观点。

一要善于设计好制度，重大的问题特别要注重顶层设计。

二是执行制度，特别是领导者要带头执行制度，制度的制定者不能成为制度的带头破坏者。

三要检查制度执行的情况，以便评估修正制度。

59 手机与噪声

2000 年奥运会中国获得金牌很多，中国奥运健儿的表现征服了各国观众，但某些中国人的不文明习惯却给他国运动员、记者留下了不好的印象。

有媒体报道：中国记者团几乎每人都配备了移动电话，铃声是非常特别的音乐，在很嘈杂的场所也可以清楚地辨别是不是自己的电话。

在射击馆里，当运动员紧张地比赛的时候，这种声音就显得特别刺耳。

组委会为了保证运动员发挥出最佳水平，在射击馆门前竖有明显的标志：请勿吸烟，请关闭手机。

也不知是中国的一些记者没有看见还是根本不在乎，竟没有关手机。其实，把手机铃声调到"振动"也不费事。

王义夫射击比赛时，中国记者的手机响了，招来周围人的嘘声和全场的不满眼光。有外国人轻轻说："这是中国人的手机！"

在陶璐娜决赛射击第七发子弹的关键时刻，中国记者的手机又一次响了……

（摘自《制度高于一切》，张振学著，中国商业出版社，2010 年版，第 150 页）

有感而发

手机越来普及，功能也越来越多。

开会时，在会场上不能打手机，必须关掉手机，或者将其调整到振动状态，这是常识，是保证会议正常进行的必要条件，也是保证会议精神能够落实的必要条件。更何况国际场合的重大比赛。不这样做，既影响了人家比赛的成绩，更是影响了中国人的形象。

到现在，有的人在会议现场，虽然没有打手机，手机铃声没有响，但是，却一直低头玩手机，看微信、发微信，成了"低头一族"。

我在全国作一些演讲，听演讲的人几乎什么人都有，有的是领导干部，甚至级别不低的领导干部；企业管理者，有的甚至是高管；一般员工、医务人员、学校老师、学校学生、公检法司的干警等。大多数人能认真听演讲，管好自己的手机，但也有的人与之相反。让我印象最深的有几次：

一次，为一个县的100多个民企老总作宏观经济形势的演讲，本来是上午9点作演讲，但到了9点，人只来了一半，然后到上午10点左右，一直陆陆续续还有人来到会场，而到了会场，有的人旁若无人地接打电话，声音很大；有的人则来回进出接打电话，不到一个小时来回进出达5次之多。这些老总也不想一想，他们领导下的员工如果也向他们的老总学习，这样的企业会搞好吗？

2017年1月23日下午，应邀为一个发行彩票的组织里近100名员工作"悟道中华孝文化"的演讲。一位领导主持会议，对手机作了管治的要求，而且还有一招，要求大家把手机交出来，放在每一排前头的一个篮子里。我在演讲时，也特地作了要求：今天有关方面要对我的演讲全程摄像，希望大家配合，在演讲中手机不能响起来，也不能来回进出接打电话。后来，在两个小时的演讲中，绝大多数人听得很认真，也反映我讲得很好。但是，在我演讲的过程中，仍然有一位先生的手机响了，还有两个人多次来回进出接打电话。这些当然被给我演讲摄像的机器给摄了下来。

曾经给一个高速公路方面的公司作"执行力"的演讲，该公司在会场安了摄像头，全程监控，到了午餐时，把会场上听众的表现放出来，给就餐的员工看，刚才听演讲时的表现全部展现了出来。

一次，在一个高级别的公安局作"精细化管理与规范建设"的演讲，听众是这个市里公安局的最高层的几十位领导干部。坐在第一排的是公安局局长，兼这个市的副市长，副部级干部。大家听得很认真，局长在两个半小时的听演讲过程中，手机一动没动，而且一直在作笔记。

这几个案例，都是关于手机的。我没有作任何评价，读者自行评价好了。

60 违纪的惩罚

我国有一个人尽皆知的生产电脑的特大型企业，它的董事长曾经在2003年被评为中国最有影响力的企业家的前几名。

这个企业以制度健全、完善，制度管理很好著称。

在公司诸多的规章制度中，有一条是这样的：上班、开会、学习等，只要迟到了，就要给予一定的惩罚。一次罚款1万元太多，一次罚款5分钱太少，这个企业没有用罚款的方式，而是用罚站的方式。罚站多长时间？一分钟。

有人说，罚站？是否人性化？是否侵犯人权？这个问题这里不讨论，我们也没有提倡这种做法，我们只是想从中汲取些什么。

有人说，罚站一分钟，管用吗？这么轻的惩罚，让人长记性吗？他改吗？

有人问，这个大公司的董事长，他可是一个大忙人，经常开会，公事很多，还到美国哈佛大学去讲过管理，如果他迟到了，他会被罚站吗？

问得太好了！

这位知名的企业家是这样回答的："去年我就这样站了四次。"（好多年前）他都自觉被罚站，这个企业的这项制度还有执行不下去、实施不下去的吗？

据说有一次，公司请一位知名教授到企业作报告，教授"打的"来，或者是自己驾车来，迟到了 10 分钟，教授对教室里的这个公司的听众说："不好意思，塞车了。"公司负责培训的管理者对这位教授说："教授，是我们不好意思，请您去站 1 分钟。"公司的制度如此，教授也要一视同仁。

有感而发

如果是公司的车去接的老师，由于红灯、塞车使老师迟到了，这是公司的责任，老师不应该站 1 分钟，公司完全可以早一点去接。如果是老师"打的"、自己驾车迟到了，老师也应该站 1 分钟。红灯、塞车都不是理由，老师为什么不提前两个小时出发？实在不行，为什么不能提前来公司住一晚上？

制度是用来执行的，制度能不能真正执行下去，能不能落到实处，一是看这项规章制度制定得好不好，是不是好制度；二是领导是否带头执行，领导都带头执行制度了，这样的制度还有执行不下去的吗？所以，一个组织，包括一个企业、一个部委局办、一个学校、一个医院，哪里的制度执行得不好，不要责怪员工，要检查一下，领导者自己执行制度如何；三是对制度的执行情况进行监督。

61 哈佛规则

在哈佛大学流传着一个广为人知的故事：

早年时，一个深夜，一场大火烧毁了哈佛的图书馆，很多珍贵的书籍被毁于一旦，人们痛心疾首。

有一名学生经过激烈的思想斗争后，把一本珍贵的书交到校长办公室，将书还给学校。

霍里厄克校长接过书后向这位学生表示深深感谢，因为这是一本哈佛牧师捐赠的书，很多书都被烧光了，这本书成了哈佛捐赠的250本书中的唯一珍本，校长当然要感谢这位学生，对这位学生的勇气和诚实予以褒奖。然而校方却把这位学生开除了。为什么？

因为在图书馆被烧之前，这位学生违反了图书馆的规章制度，悄悄把这本书带出馆外，准备慢慢读完后再归还。

这位学生在归还图书这件事上是诚实的，应该受到表扬和提倡。但是，在把图书带出图书馆这件事上是违反了校规的，应该受到处理。这就是哈佛的理念：让校规看守哈佛，比用其他东西看守哈佛更安全有效。

有感而发

在我的一本书《管理创新：将智慧转化为财富》中，讲到制度管理时，引用了这个案例；在我作制度管理的演讲中，也多次引用过这个案例。

有的人会说，人家已经把书送回来了，校长还亲自感谢这位学生为图书馆把这么重要的书籍保住了，将功补过，也不应该开除他呀，这是不是不人性呢？

我们要说的是，人性化虽然主要表现为对人的尊重、理解，但尊重的基础是制度面前人人平等。

人们可以同情这位哈佛学生，但同情代替不了规则！

人性化管理的基础是制度的完善，人性化管理不能脱离制度而独立存在。

哈佛大学之所以几百年来都是世界一流大学，这与它们的规则意识和实施有很大的关系。

"让校规看守哈佛"，哈佛就是哈佛！

物是人非，校领导可以换若干次、若干人，但校规能保证哈佛的一流名校地位！

62 "三下乡"活动

曾经多次参与了"三下乡"活动。这个活动，主要是市政府组织有关人士到重庆市的贫困山区去为民服务。

医生去免费诊治；农业技术人员去免费提供农业技术服务；演员去免费演出；我则被安排去为区县的干部们作报告。

我参加了好多次，收获很多！

有关人士诊治完了、农业技术服务完了、演出完了、报告做完了，就一起到农民家里去访问。

到了一个农家房屋，只见一个农民老大爷用铲子把一些草料铲起来放到正屋旁边低矮的房檐上。我们好奇地问："老大爷，您在晒什么？"

"我不是要晒什么，我在喂牛！"老大爷回答说。

我们更好奇了："喂牛应该把草料放到牛圈里，您怎么放到房檐上呢？"

"你们城里人有所不知，我这头牛它挑食，我给它的草料并不都是精饲料。放在牛圈里，它把精饲料挑着吃完了，其余的剩下来，可惜了！"老大爷解释说。

"我把草料放到低矮的房檐上，把牛的缰绳解开，它出来见到房檐上的草料，就想去吃，但有一定的高度，并不能随便吃到，它必须扬脖、垫脚才行。结果，它会把所有草料都吃光。"

有感而发

牛已经饿了，有吃草的需求，但是，牛也是会挑食的，他们当然很想吃精饲料。

人也是如此！职场中的员工也是如此。

员工都希望收入多一点，待遇好一点。但是，高收入、好待遇，是从哪里来的？如果轻易给员工这样的收入、待遇，他们可能不会珍惜，很可能还养了懒人。

懂得管理的人，精于管理之道的人，不能随便就给了员工太好的收入待遇，而是创造条件、搭建平台、提供舞台，让员工自己努力去争取。员工自己努力争取得到的，哪怕不是太多的收入和待遇，他们也可能会珍惜。

2017年1月的一个上午，我应邀到重庆西部公交公司的维修厂为几百名员工作了一场"你工资从哪里来"的演讲。让我特别感动的是，那是一个三九严寒的日子，领导

176　　和员工都是在一个广场上听报告，我也是在广场上站着报告，天寒地冻，他们在两小时里，听得很认真。我当时就讲了，员工的工资是从哪里来的？一是从国家那里来的，国家为企业的发展提供了非常好的经营环境，国家一直支持企业发展。二是从企业那里来的，企业发展好了，员工才有就业的机会，才可能得到工资收入。三是员工自己努力工作来的。员工爱岗敬业，创造出自身的价值，创造出比自身价值更大的价值。管理者、企业就是要为员工提供努力工作的条件。

63 猩猩吃香蕉

这是一位教授和他的弟子们做的一个试验。

他将一束又大又鲜的香蕉悬挂在一间房屋的天花板上，其高度即使黑猩猩跳起来也够不着。

黑猩猩当然想吃香蕉，但是够不着。

房间的角落堆放着几只空木箱。除此别无他物。

实验和设计是这样的：如果黑猩猩能去搬动木箱，并将木箱叠放后摘取香蕉，说明它有应用工具的智慧。

教授带着学生在隔壁的房间里偷偷观察黑猩猩的一举一动。开始，黑猩猩尝试跳起来摘取那悬挂着的香蕉，失败之后便静静地蹲在一角。它偶尔地从堆放的木箱旁走过，然而对木箱没有什么反应。

教授想用实验证明黑猩猩也会应用工具的打算看来落空了。

教授走进实验室房间，背着手在房子里踱步寻思，考虑下一步该做什么实验。

然而，一件意想不到的事情发生了：当教授踱步到靠近香蕉的地方时，黑猩猩突然窜上前来，然后一跃而起，搭着教授的双肩，再乘机腾空一跃，便将天花板上的香蕉摘了下来。

有感而发

有人说，在动物中，黑猩猩的智力比较高，甚至是仅仅次于人。还是上小学时，老师就对我们讲，人与动物的主要区别是，人可以制造并使用工具，而动物却不会。

现在，有资料显示，黑猩猩也会制造一些简单的工具，也会运用一些简单的工具。有一个笑话说，有人甚至建议把黑猩猩列入人类的一个分支，不要把黑猩猩划入动物界；甚至有人建议，在联合国里，应该有黑猩猩的合法席位。

笑话归笑话，但是，黑猩猩的智力和制造并运用一些工具的能力，那也是真实的。

在这个故事中，教授和他的弟子设想的是黑猩猩可以搬动木箱子，堆叠起来，然后站在木箱子上去取香蕉。但是，他们没有想到黑猩猩会利用教授的肩膀，站在教授的肩膀上去取香蕉。

黑猩猩无论是利用木箱取香蕉，还是利用教授的肩膀取香蕉，本质是一样的，都是利用一个中介。

其实，智商更高的人类呢？直接去解决许多事情，很难，甚至会产生一些不必要的矛盾。所以，可以向黑猩猩学习，利用一些中介去达到目标。

常言说得好：直道好跑马，曲折可通幽。中介能解决问题。

64 朝三暮四

"朝三暮四"这个成语故事,也有不同的版本。其中之一是:

宋朝时,有一男性之人,"公狙之",喜欢猕猴,养了一群。

猕猴喜欢吃橡子。这位狙公对众猕猴讲:"我们要发橡子给大家吃。"

猕猴们都很高兴。

狙公又讲:"每天早上给你们发四个橡子,晚上发三个。"

众猕猴听了,仔细一算,越发越少,于是纷纷抗议。狙公见状,略一思考,马上改变,对众猕猴讲:"我们创新一下,早上发三个,晚上发四个。"

猕猴听了,又仔细一算:哇,真好,越发越多,欢呼雀跃。

有感而发

橡子总量是每天七个，给众猕猴发放，要么早上四个，晚上三个；要么早上三个，晚上四个。

这种改变就是创新？也许就是！

总量不变，改变结构是创新；结构不变，改变总量也是创新。

今天，企业里将其称为"资产重组"，还是那些资产，重新组合一下，就可能创新了。如果说一个上市企业有资产重组的现象，它的股价就可能上涨，人们称之为重组概念股。

65 室外电梯的诞生

多年前，一家酒店生意很好，一部电梯显然不够用，打算增加一部。

于是请来了建筑师和工程师研究如何增设新的电梯。

专家们一致认为，最好的办法是在每层楼打一个洞，直接安装新电梯。

方案定下来之后，两位专家坐在酒店的前厅商谈工程计划，他们的谈话恰巧被一位正在那里的清洁工听到了。清洁工对他们说："每层楼打个大洞，肯定会满屋尘土飞扬，弄得乱七八糟，我太难打扫了。"

"那是难免的！"专家们不屑一顾地回答。

清洁工又说："动工时最好把酒店关闭些日子。"

专家也不以为然："那可不行，关门一段时间，别人还以为酒店倒闭了，再说也会影响收益的。"

"这也不行，那也不行，要是我，会把电梯安装到大楼外面去。"

听了清洁工不经意的一句话，工程师和建筑师相视片刻，不约而同拍案叫绝。

于是，人类第一部室外电梯就这样诞生了。

有感而发

2003 年 6 月 6 日，我在央视《百家讲坛》作了"创新思维与创造力"的演讲。我也写了两本关于创新方面的书：《让思维再创新》《创新思维与创造力》。我在全国也作过多场关于创新方面的演讲。

在我的书和演讲中，我写了、讲了：创新既很难，也很容易。有时，用眼一望、用手一摸、用脚一踢，到处都是创新，也可能俯拾即是。很多创新，就在我们身边，就在我们的生活中、工作中、学习中。

能不能创新，不一定全是高级知识分子的专利，其实，民间蕴藏着创新的巨大潜力。关键在哪里？

第一，要有创新性的思维，思路决定出路。

第二，要有一定的知识。这种知识，既是理论上的，更是实践中的。实践出真知，实践出创新，特别是可能产生创新的灵感和点子。许多创新的成果都是源于问题，为了解决问题，总是要想办法，创新往往都是问题导向的。

第三，有了创新的点子、思维，还要持续地实施、执行下去。

66 教授的心理实验

一位教授进行了一个实验，参加实验的有九人：

教授把他们带到一间黑屋子里，说："你们九个人听我的指挥，走过脚下这座弯弯曲曲的小桥，千万别掉下去。不过掉下去也没关系，底下就是一点水。"

九个人听明白了，摸索着都走过去了。

然后，教授打开了一盏黄灯。透过黄灯九个人看到，桥底下不仅仅是一点水，还有几条在蠕动的鳄鱼。他们吓了一跳，庆幸刚才没掉下去。

教授在桥那端又说："现在请你们再走过来。"

看着下面的鳄鱼，没人敢走了。

教授接着说："你们要用心理暗示，想象自己走在坚固的铁桥上。"他诱导了半天，终于有三个人站起来，愿意尝试一下。

第一个人颤颤巍巍，过桥的时间多花了一倍；第二个人哆哆嗦嗦，走了一半再也坚持不住了，吓得趴在桥上；第三个人才走了三步，就再也不敢向前了。

教授于是打开了所有的灯，大家这才发现，在桥和鳄鱼之间还有一层网，网是黄色的，刚才在黄灯下看不清楚。于是，绝大多数人都不怕了，几个人都快速地走过来了。最后只有一个人还是不敢走，教授问他："你怎么回事？"这个人说："我担心网不结实。"

有感而发

教授的这个试验，其实是一个心理学意义上的试验。

人们的害怕，往往是在心理上的。

一开始大家之所以不害怕，是因为没有灯光，大家看不见桥下面的鳄鱼，没有感到有危险，心里也就没有害怕的感觉。

后来看到真实的鳄鱼，大家害怕了，不敢过桥了。后面教授的心理疏导起了一定的作用，有人愿意过桥了。但还是有人害怕。

就算是有了牢实的网，还有人不敢过去，担心网不结实。就算网很结实，心里害怕的人，可能还会有很多害怕的理由。

心理的问题，与现实既有关系，有时也没有多大的关系。但是，心理的问题，也应该是以实践为基础的。

67 天堂和地狱的区别

据说，有一个人很想到天堂去看看，也很想到地狱去看，比较一下天堂与地狱到底有什么区别。

牧师知道了，满足了他的心愿，先带他到了地狱。

在地狱里，许多人围在一口大铁锅周围咒骂、号叫。大铁锅里冒着热气，煮着满满一锅好吃的东西，周围的人直喊饿，就是吃不着东西。原来，他们每个人手里都有一个勺子，勺子的柄太长，食物舀起来了，但是到不了自己的嘴里，他们因此着急。

牧师又把这人领到了天堂。

在另一个屋子里，只见许多人在一口大铁锅周围，正在舀起食物高兴地大吃起来。与地狱相同的是，他们手里的勺子的柄也很长；不同的是，他们用勺子舀起食物后，不是给自己吃，而是给其他人吃。相互喂给对方的结果是都吃到了食物。

有感而发

在作团队管理与团队精神的演讲时，多次讲过这个故事。

团队越来越重要。小成功靠个人，大成功靠团队。失败的团队中，严格说来没有成功者；成功的团队中，严格说来没有失败者。

一个优秀的团队，必须有优秀的团队精神。

一个优秀的团队，有多方面优秀的团队精神，其中，团队成员的协同合作精神是最为重要的。

团队里会有很多成员，有的人很有能力，很有水平。但是，再有能力、再有水平的人，也要在团队里成为一个好合作的人。

合作了，效率会提高，事业就能顺利成功，团队就能得到很好的发展。反之，团队里面就会内耗多，对团队成员、对团队、对事业都不利。

善于团队合作的人，会进天堂！

不能进行团队合作的人，可能会下地狱！

68 塞翁失马

"塞翁失马，焉知非福"这个故事广为流传。

很早以前，我国北方的边塞地方有一个人善于推测人事吉凶祸福，大家都叫他塞翁。

有一天，塞翁的马从马厩里逃跑了，越过边境一路跑进了胡人居住的地方，邻居们知道这个消息都赶来慰问塞翁，塞翁一点都不难过，反而笑笑说："我的马虽然走失了，但这说不定是件好事呢？"

过了几个月，这匹马自己跑回来了，而且还跟来了一匹胡地的骏马，邻居们听说这个事情之后，又纷纷跑到塞翁家来道贺。塞翁这回反而皱起眉头对大家说："白白得来这匹骏马，恐怕不是什么好事啊！"

塞翁有个儿子很喜欢骑马，他有一天就骑着这匹胡地来的骏马出外游玩，结果一不小心从马背上摔了下来跌断了腿，邻居们知道了这件意外又赶来塞翁家，慰问塞翁，劝他不要太伤心。没想到塞翁并不怎么太难过、伤心，反而淡淡地对大家说："我的儿子虽然摔断了腿，但是说不定是件好事呢！"

众人莫名其妙，他们认为塞翁肯定是伤心过头，脑筋都糊涂了。

过了不久，胡人大举入侵，所有的青年男子都被征调去当兵，但是胡人非常的剽悍，大部分的年轻男子都战死沙场，塞翁的儿子因为摔断了腿不用当兵，反而因此保全了性命。这个时候邻居们才体悟到，当初塞翁所说的那些话里头所隐含的智慧。

有感而发

小时候，就经常听说过这个故事。长大后，也多次在与人交谈中、演讲中引用过这个故事。

人的一辈子，说长也长，说短也短。无论长短，都会遇到一些令人高兴的好事，也会遇到一些令人伤心的坏事。原因不去究它，但从辩证的角度看，好事与坏事往往会转化，乐极生悲是有的，否极泰来也是有的。

既然好事和坏事都是有一定原因的，而且都可能遇到，也都可能相互转化，那么，我们所能做的，就是创造条件，将坏事变为好事。再有，就是调整自己的心态，如同塞翁一样，有一个好心态，遇好事不要喜极，不要得意忘形。遇坏事，也不要灰心失望，仍然继续努力，更何况，坏事也可能是对自己的考验磨难，使自己更加坚强起来。

69 最后一片叶子

一本书《最后一片叶子》里讲了个故事：

病房里，一个生命垂危的病人从房间里看见窗外的一棵树，树叶在秋风中一片片地掉落下来。

病人望着眼前的萧萧落叶，身体也随之每况愈下，一天不如一天。她说："当树叶全部掉光时，我也就要死了。"

一位老画家得知此事后，用彩笔画了一片叶脉青翠的树叶挂在树枝上。

最后一片叶子始终没掉下来。

只因为生命中的这片绿，病人竟奇迹般地活了下来。

有感而发

许多生病的人，身体有病，其实，心理也可能有病。身体上有病不一定都能治好，如同我在许多医院演讲时说到的：什么是医疗？第一句话就是"有时是治愈"。

很多病人的病，是心病，是身病与心病同时存在。所以，优秀的医生，都是心理学的高手，擅长心理治疗，特别是心理上的辅助治疗。

人是在希望中生活的。

人生可以没有很多东西，却唯独不能没有希望。有希望之处，生命就生生不息！

一个有了病的人，特别是一个有了重病的人，甚至是不治之症的人，他们都希望自己能够好起来，一个人求生的本能是很强很强的。

给病人以希望，他可能会奇迹般地战胜病魔，好起来了，这种案例很多很多。就是没有什么病的人，或者是没有什么大病的人，如果没有了希望，他会真的病起来，有了病也总是好不了。

以前听说过张三、李四的这样故事：

张三得了癌症，李四没有得癌症。二人都到医院体检。体检单子给弄错了，张三拿到了李四的单子，一看，自己没有癌症，高兴得不得了，该吃就吃，该喝就喝，该玩就玩，该干嘛就干嘛，慢慢地，癌症好了。而李四拿到了张三的单子，一看，自己居然得了癌症，结果郁郁寡欢，死掉了。

心态、希望，对病人重要，对任何人都重要！

70 沙子与珍珠

在一个沙滩上，一个年轻人向一位长者表达了自己怀才不遇的心情，问长者自己该怎么办？

长者捡起一粒沙滩上的沙子扔到沙滩里，叫年轻人去找出来，年轻人艰难地找，全是一样的沙子，怎么也找不出来。

长者又从口袋里掏出一粒闪光的珍珠，扔到沙滩里，叫年轻人去找出来，这时，年轻人很快、轻易地就把珍珠找到了。

年轻人一下子悟出了道理：只有真正使自己成为珍珠而不是一粒普通的沙子，才可避免怀才不遇。

有感而发

我在央视《百家讲坛》讲"智商与情商"时，讲过这个故事。后来，在我的书《让心态更阳光》中也讲了这个故事。

从古到今，自己感到怀才不遇的人很多，而且的确有许多人怀才不遇。一个社会，有才的人的确很多，有道是，"自古高手在民间"，这些人才，这些高人，许多并没有得到重用。于是，有的人郁郁寡欢，有的人就此消沉，有的人继续努力，有的人调整心态，结局也就大不相同。

当一个人自己感到怀才不遇时，第一，自己要反思，自己是不是真正有才，或许是自己认为自己有才，其实不然。第二，要继续努力，使自己真正有才，使自己成为社会需要的有用之才。第三，退后一步吧，这个社会，有才而没有得到重用的人多着呢。"是金子总会发光"，其实不然，其实不一定，黄金埋土多的是，有许多金子可能永远都不会发光。做一块永远都不发光的金子也可以，"我虽然不发光，但我毕竟是金子"。第四，社会之大，此不遇就彼遇。比如，一个人不能当官了，不能再当大官了，那么你可以在文学、写作、演讲、发明、创造方面有所作为，你可以在帮助别人成功方面有所作为。

71 画与诗

我曾经两次去香港讲学,到某学院的爱国人士吴先生家去做客。吴先生家住在太平山上。

他家里的客厅很大,客厅的方形柱子上,有一幅画,配着诗。画面有三个人,一个人骑了一匹高头大马;一个人骑了一头毛驴;一个人推了一辆手推车。我在这幅画面前仔细看起来。我不会画画,也不会品鉴画,但这幅画的确吸引了我。

特别是画的下方题了四句打油诗,与这幅画配在一起,更是吸引了我。

这四句打油诗是:人骑骏马我骑驴,仔细想来总不如。回头看见推车汉,比上不足比下余。

有感而发

许多人心态不平衡，而这种心态不平衡的原因很多，其中一个主要的原因是与人一比，就不平衡了。比工资、比收入、比待遇、比权力、比地位、比金钱、比家庭、比子女，有时越比越灰心，越比越没劲。

我曾经开过这样一个玩笑：我与比尔·盖茨、乔布斯简直没法比，一比，可把我气坏了。有人说，你干吗与他们比，有可比性吗？我说，有可比性，我们可都是一年出生的呀，人与人的差距怎么就那么大呢！

我不与他们比，就是与我大学的同班同学比，也没法比。我1978年考入重庆大学，全班30位同学，出了一个副市长，出了八位正厅级干部，出了一个很大的"大款"，这怎么比？

那就退后一步吧！我后面还有"推车汉"呢！而且，"推车汉"也没有什么不好，他凭自己的劳动生存，过得也很快活。

我想，这首打油诗不是叫我们不思进取，而是让我们调整好心态，不要一味攀比，更不要恶性攀比。

72 谁是活佛

很久以前，一个小伙子特别信佛，放弃了与之相依为命的母亲，远走他乡去求佛。他经历了千辛万苦，走过了千山万水，一直没有找到他心中真正的佛。

有一天，小伙子来到一座宏伟庄严的庙宇，庙里的方丈是位得道高僧。小伙子虔诚地在大师面前一跪不起，苦苦哀求大师给他指出一条见佛的道路。

大师见小伙子如此痴迷，长叹了一口气，对他说："你从哪里来，还回哪里去。当你在回去的路上走到深夜，你敲门投宿的时候，如果有一个人给你开门时赤着脚，那个人就是你要寻找的佛。"

小伙子欣喜若狂，多年的心愿终于有了实现的希望。他告别了大师，踏上了回家找佛的道路。

小伙子走了好几个月的时间，许多次看到半夜路边有亮灯的人家。他一次次满怀希望地敲门，却一次次失望地发现：那些给他们开门的人，没有一个是赤着脚的。越往家里走，小伙子越失望。眼看着就快要到自己的家了，那个赤脚的佛依然没有踪影。

当他在一个风雨交加的后半夜终于走到自己家的门前时，他甚至沮丧得连门都没有劲去敲了。他觉得自己是个大傻瓜，世界上哪有什么佛啊！

他又累又饿，无奈地敲响了自己的家门。"谁呀？"那是母亲苍老的声音。

他心头一酸："妈，是我，是我回来了。"

只听屋里一阵噼啪乱响，不一会儿，母亲衣衫不整地开了家门，哽咽着说："儿啊，你可回来了！"

母亲一边说一边把他拉到屋里。灯光下，憔悴的母亲流着泪，用无限爱怜的双手在他的脸上抚摸，泪光上分明是满足的笑容。小伙子一低头，蓦地看到母亲竟赤着脚站在冷冰的地上！

小伙子突然想起了高僧的话，"深夜、赤着脚、开门。"

"天哪！"只见小伙子大喊一声，"扑通"一声，跪倒在母亲的脚下，泪如泉涌："母亲、妈、娘……"

这一刻，儿子顿时大彻大悟："活佛在哪里？就在我的身边！亲情是佛，母爱是佛，父母才是应该去敬的活佛啊！"

有感而发

这是一个很感人的故事。

我在作"孝者天助：悟道中华孝文化"的演讲时，讲过这个故事。我发现，我在讲这个故事时，绝大多数人都被这个故事所感染。

到庙里去看一下，好多好多烧香拜佛的人！

烧香拜佛，是一个人的自由，在我国，有信仰宗教的自由。有的人很是虔诚，虔诚到了一种痴迷的地步。有人开玩笑讲，世间最忙的是佛啊，那么多的人求他保佑，好人坏人都求他保佑，他既累又苦，而且很为难，因为坏人坏事也在求他保佑啊！

求佛先求己！自己行为端正，多做善事、好事，佛祖自然会保佑；而那些专做坏事、恶事的人，佛祖怎么可能保佑他呢？

拜佛先拜父母。父母、长辈才是真正的活佛。孝敬父母的一举一动，都是在拜佛，而且佛祖会一笔一笔记下来的。

其实，世间记性最好的就是佛祖，人世间哪些人做了好事，哪些人做了歹事，他的眼睛是雪亮的，而且都一笔笔记清楚了，包括孝敬父母的每一笔。

73 躲不过的两件事

电视连续剧《九岁县太爷》中有一段是这样的：

九岁的小孩和他的养父上京赶考，丢了路费，讨饭到了一个饭庄，见饭庄门口贴了一张广告，上面写着：只要是男性，无论什么样的人，只要能够对上女老板出的对联，就免费吃饭，女老板还要下嫁给他。

上京赶考的九岁小孩给对上了，很高兴，可以吃饭，还要娶女老板为妻。

饭庄的伙计提醒女老板，他才九岁，又是一个讨饭的叫花子，怎么能嫁给他呢。饭店女老板说了一段令人费解的话："叫花子又怎样，我们每个人的一生，有两件事或许就会摊上，或许就躲不过——讨饭、坐牢。"

有感而发

在央视《百家讲坛》作"智商与情商"的演讲时，我讲过这个电视故事。

初看这个电视剧，初听曹颖这番电视里的话，我硬是

200 　　想不通，参不透玄机，悟不出道理来：为什么讨饭、坐牢这两件事每个人或许就要摊上而躲不过？相当多的人，大多数人不是没有摊上吗？不是给"躲"过了吗？

　　比如我自己，在过去的 60 多年里，我就没有讨过饭，在可以预见的今后的几十年里，也不会讨饭吧。大多数朋友，以前没有坐过牢，今后大都也不会坐牢吧。我真是没有想通剧中女老板的话。

　　后来，重庆市召开 AAPP 会议，在会议期间一次了解情况的座谈会上，我作了这样一个发言：重庆要成为国际性的大都市，不仅仅是有多少高楼大厦、多少桥梁、多少霓虹灯、多少街道，这些都是"形"的国际大都市，更重要的是开放的理念、市民的素质、投资的软环境等，这些是"神"的国际大都市。形神兼备，方为真正的国际大都市也。

　　这番话，我自己启发了自己，我终于想通了——"形与神"。

　　有的人没有"形"讨饭，可能"神"讨饭。有的人没有"形"坐牢，可能"神"坐牢。

　　在我们这个社会，真正进监狱的人毕竟不多，不是每个人都躲不过，不是每个人都会摊上。但是，有的人明明没有进监狱，但却把自己关在"心造"的监狱里，不肯自我减刑、不能自我赦免。

　　比如，有一个人，在公共汽车上售票，谁都一眼就可以看出他非常不喜欢他这个职业。他懒洋洋地招呼，爱理不理地售票，时不时抬腕看看手表，然后百无聊赖地看着窗外。可以想到，这辆公共汽车就是他心造的监狱，他却不知"刑期"多久。其实，他可以调整心态，热爱售票工作，当它是一种快乐，满心欢喜地把自己释放出来，在售票中发挥自己的聪明才智，像李素丽那样获得成功。

　　对有的人来说，一个仇人也是一座监狱，那人的一举一动都成了层层铁窗，天天为之郁闷仇恨、担惊受怕。有人干脆扩而大之，把自己的嫉妒对象也当了监狱，人家的每项成果都成了自己无法忍受的苦刑，白天黑夜独自煎熬。

　　现代社会，有的人把手机、微信当成了一座监狱，成了手机、微信的奴隶，深陷其中，不能自拔！

　　人类的智慧可以在不自由中寻找自由，也可以在自由中设置不自由。环视周围一些匆忙的行人，眉眼间带着一座座监狱在奔走。

　　人们不禁感叹，他们何时出狱啊！

74 林冲那些事

《水浒传》第七回的"豹子头误入白虎堂"，第八回的"林教头刺配沧州道"，就写了这样的一段：

高衙内为了得到生得美貌的林冲的妻子，让陆谦设计骗林冲带刀进了白虎堂，白虎堂是军机处，任何人带刀进去都是死罪。

后来，林冲被杖脊二十，额头上纹了金印，由董超、薛霸押送，刺配沧州。

林冲一行人路经柴家庄，柴进迎进庄内，分宾主坐下，递上香茗，寒暄一番，向家人介绍：这是东京八十万枪棒禁军教头，武艺十分了得。

在柴进庄内训练家丁的洪教头听了心生妒意，言语极不礼貌，要与林冲比武，看谁是真教头，谁有真本事。

林冲再三推辞不过，上场比武。只见他使了四五回合棒，跳出圈子外，说："小人输了。"柴进道："未见二位较量，怎便输了？"林冲道："小人只多这具枷，因此，权当输了。"柴进恍然大悟，取了十两银子，让两个差人打开枷锁，再行比武。

林冲没有了枷锁，两三个回合，便把洪教头打倒在地，洪教头羞颜满面，自投庄外去了。

有感而发

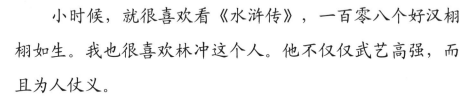

小时候，就很喜欢看《水浒传》，一百零八个好汉栩栩如生。我也很喜欢林冲这个人。他不仅仅武艺高强，而且为人仗义。

原来武艺排在水泊梁山众好汉二三位的林冲，身上有枷锁，也打不过武艺很差的洪教头；一旦解开枷锁，能耐就充分发挥出来了。

有不少人，聪明才智就是被一些有形的或无形的枷锁压住了，不能充分地发挥出来。而这种枷锁，很多是"心锁"。

打开这些"心锁"，走出"心理牢笼"，可以通过父母、老师、上级、同事来完成；但有的绳索、枷锁和牢笼靠别人是解不开、打不开、冲不破的，要靠自己的努力来完成。

一个人的心门，往往是从里面反锁着的。外人的作用固然很重要，但根本的还是要靠自己。

所以，调整心态，使自己心态更加阳光起来，就要努力自我解压，解开心里的枷锁！

75 雪中禅悟

很久以前，一个寒冷的冬天，漫天大雪，两位老人下棋对弈，闹起了矛盾，谁也不服谁，谁也不让谁，缓解不了。

其实双方都难受，双方都下不了台。

两人无意中都看到大雪中的树林，树身已积满了厚厚的雪，树快承受不住雪的重压了，再有积雪，树就会被压断的。

两位老人都替众树着急。

危急时，只见树一棵棵分别"弯了弯腰"，树身上的雪被抖落到地上，然后又开始积雪，之后又开始抖落。尽管雪很大，积雪很多，但大多数树仍然存活了下来，少数"不肯弯腰"的树也就断掉了。

两位老人看后都领会到一个禅悟：树腰弯一弯，不会被压断。

于是，两位老人分别向对方认错，和好如初。

有感而发

中国有句古话：人在屋檐下，不得不低头。

这种低头，低下的不是人格和精神，而是获得的一种阳光心态驱动下的为人处世的艺术，是一种向上的境界。

退一步海阔天空，忍一时风平浪静。

有偈语道：哭，并不代表我屈服；退步，并不象征我认输；放手，并不表示我放弃；微笑，并不意味着我快乐！

人不可能把钱带进棺材，但钱可能把人带进棺材。

能够说出的委屈，便不算委屈；能够抢走的爱人，便不算爱人。

在对的时间，遇到对的人，那是一种幸福；在错的时间，遇到错的人，那是一声叹息。

司马迁《史记·廉颇蔺相如列传》中赵国蔺相如因完璧归赵而拜相，官位超过廉颇。廉颇不服，为难蔺相如，蔺相如有意躲让，不与廉颇发生矛盾冲突，此举感动了廉颇，才有了老将廉颇的负荆请罪，才有了千古美谈的"将相和"。

拒绝妥协，就是拒绝成功。

蔺相如退了，让了，是以退为进；廉颇负荆请罪，也

206　　是退了，让了，也是以退为进。结果，大家都进了，双赢、共赢！

　　　　放下架子，该屈就屈，能屈能伸，以屈为伸方为英雄！放下身段，前方是大道！

　　　　我先敬你一尺，你是否敬我一丈，无所谓！

　　　　低人一级"屈"不死人，这也是另类的"低调"。

76 国王与三个儿子

古时候，有个国王，他有三个儿子，国王很疼爱三个儿子。但不知该传位给谁。

最后，他让三个儿子回答如何表达对父亲的爱。

大儿子说："我要把父亲的功德制成帽子，让全国的百姓天天都把您供在头上。"

二儿子说："我要把父亲的功德制成鞋子，让普天下的百姓都知道是您支撑着他们。"

三儿子说："我只想把您当成一位平凡的父亲，永远放在我心里。"最后，国王把王位传给了三儿子。

有感而发

三个儿子都表达了对父亲国王的爱，而且都表达得不错。大儿子和二儿子都是赞美国王的功德，而且要让天下的人都赞美和记住国王的功德，这当然也是很好的爱父亲。

但是，国王为什么更喜欢三儿子的爱父母的方式呢？

208　　就因为这颗心，这颗爱父母的心。

　　　　爱由心生！

　　　　对父亲真正的爱在心里！其实，对任何人、任何事的爱，首先都是在心！

　　　　由于心爱，他就会在言行上去爱；由于心爱，他就会想方设法地去爱，包括大儿子和二儿子的爱也会做到，甚至会找到其他更多、更深的表达爱的方式。

　　　　只要用心做，哪有做不好的？

　　　　只有用心爱，那才是真正的爱！

77 "六尺巷"传说

据《桐城县志》记载，在清代（康熙年间）文华殿大学士兼礼部尚书张英的老家，家人与邻居吴氏在宅基地的问题上发生了争执。两家大院的宅地都是祖上的产业，时间久远了，本来就是一笔糊涂账。

两家争执起来，纠纷越闹越大，张英的家人飞书京城，希望张英"摆平"。

张英大人阅过来信，挥起大笔，写了一首诗曰："一纸书来只为墙，让他三尺又何妨。长城万里今犹在，不见当年秦始皇。"交给来人，命快速带回老家。

家里人见书信后，将垣墙拆让三尺。

张英一家的忍让行为，感动得邻居吴氏一家人热泪盈眶，全家一致同意也把围墙向后退三尺。

两家人的争端很快平息了。

两家之间，空了一条巷子，六尺宽，有张家的一半，也有吴家的一半。这条巷子全长180米。于是，"六尺巷"由此而来。六尺巷故事流传甚广，脍炙人口。

这条巷子现存于桐城市城内，作为中国文化的遗产，是重点文物保护单位，是中华民族和睦谦让美德的见证。六尺巷已经是桐城古城的旅游景点，2007年4月，"桐城文庙—六尺巷"成为国家3A级旅游景区。

有感而发

六尺巷，不宽，只有六尺；六尺巷，不长，也只有180米。但是，短短180米的六尺巷子，留给人们的思索却是很长很长的。

20世纪50年代后期，毛主席会见苏联驻华大使尤金时，曾引用张英的这首诗。

2008年2月21日，国务院副总理吴仪来桐城视察，在与讲解员谈到即将视察的六尺巷时，吴仪风趣地说："我知道六尺巷的故事，那时，是我们吴家做得不太好。"引得周围人笑声一片。在六尺巷视察时，吴仪对六尺巷的一草一木、一砖一石都看得非常仔细，离开时，吴仪很严肃地说："六尺巷的故事告诉世人，大度做人，克己处事。"

我在作"中华优秀传统文化之处世哲学"的演讲时，

讲了这个故事。学会礼让、谦让、避让，是中华的传统美德。退后一步天地宽。很多情况下，为了一件小事，互不相让，结果，费时、费事、费精力，甚至会伤人。

多年前，在公共汽车上，售票员与一乘客争吵得不可开交，为的是1毛钱的车票是买了还是没有买，两人争了好几个站，谁也不让谁，其他人都看着热闹。这时，我对售票员和这位乘客说："我把这1毛钱付了好吗？"这事也就这样结了。

经常碰到在一条狭窄的公路上，两辆车头对着头了，谁也不让谁，就这样干耗着，浪费了不少时间。要是谁让一下，不是大家都方便了吗？

78　为八府巡按治病

清朝时，河南有位八府巡按大人，患了精神忧郁症，经常闷闷不乐，郁郁寡欢。找了不少医生，都治不好。

后来找到一位名医为他治病，这位医术高明的医生为这位男性八府巡按大人切脉之后，郑重其事地说："你患的是月经不调症。"

八府巡按听后，先是一愣，接着捧腹大笑，心想，这是什么名医？分明是老糊涂，连病人是男是女都分不清楚，便叫管家取几个钱让这个庸医快走。

此后，他每每想起此事，都免不了要大笑一场。

见亲朋好友，他也要提提这事，然后大家一起大笑一场。

久而久之，八府巡按的忧郁症竟在这愉快的笑声中痊愈了。这时，他才悟出了名医以笑治病的良苦用心。

我在《幽默：技巧与故事》一书中，讲到了这个故事。

我们主张一个人心态阳光一些，幽默一些，可以缓解压力，也是与人处理好关系的重要方法。在作"智商与情商"的演讲时，我讲过，一个人有幽默感，其实也是一种高智商、高情商的表现，而且，有幽默感的男性，在同等条件下，更能讨女孩子喜欢，更能得到同事、上级甚至客户的喜欢。

现代医学知识告诉我们，有一定幽默感的人，心态应该是比较阳光的，免疫力也比一般的要强一些，有的病症也就不会侵蚀人的肌体。就算有了一些病，只要心态好，甚至有一定的幽默感，同样的病可能会好得快一些。特别是一些心理方面的病症，如抑郁症。有幽默感的人，得抑郁症的可能性要小得多，就算是得了抑郁症，也会痊愈得快一些。

所以，如名医给八府巡按以笑治病，可能就不是一个笑话了。

一个家庭，如果没有幽默，就是坟墓一座；一个企业（机关、学校、医院）如果没有幽默感，就是一座坟墓；一个社会如果没有幽默感，就是坟墓一座又一座。

79 孩子租房

有一家人决定进城去居住，于是到处找房子。全家三口，夫妻二人与一个五岁的孩子。他们好不容易找到了一家愿意出租房子的主人，于是敲门，小心问道："我们一家三口有租到您的房子的荣幸吗？"

房东看了这一家三口，说："很遗憾，实在对不起，我们不想租给有孩子的住户。"

夫妻一听，很失望，带着孩子无奈地离开了。

那个五岁的小孩，从头到尾都看在眼里，只见他又折回去敲房东的大门，房东开了门，五岁的小孩子精神抖擞地说："老大爷，我租房子，我没有孩子，只有两位老人。"

房东听了高声大笑。这家人由此租到了房子。

有感而发

　　小孩子没有心机，没有谋略，但这些话出自一个五岁小孩子之口，房东一是感到吃惊；二是感到好玩；三是感到可信，当然就愿意把房子租给他们一家人住了。

　　从一个方面来看，这也是一种沟通交流的技巧。

　　一方面自然天性，具有真诚的感觉，让人感到可信。所以，沟通中，第一位是要有诚心，所谓心诚则灵；另一方面，小孩子的这一番话，又蕴涵了一定的幽默，体现着聪明才智，让人家在笑过后，产生一种情绪上的融合。

　　当然，小孩子说这番话，并不是他的深思熟虑，也不是小孩子有什么心计，自然而然，反而会产生很好的效果。

80 钉子的作用

有一个爱发脾气的男孩，他父亲给了他一袋钉子，并且告诉他，当他发怒时，就钉一颗钉子在后院的木头柱子上。

一段时间后，这个男孩子钉了 37 颗钉子。

慢慢地，男孩子每天钉的钉子减少了；慢慢地，他发现控制自己的脾气要比钉钉子容易得多。

终于有一天，这个男孩子觉得自己再也不会失去耐性、乱发脾气了。

父亲又告诉他，说："从现在开始，每当你控制自己的脾气的时候，就拔出一根钉子。"

一天天过去了，最后，男孩子告诉他父亲，他终于把所有的钉子都给拔出来了。

父亲握着他的手，来到后院，说："你做得很好，我的好孩子！但是，你看看那些木头柱子上的洞，这些柱子将永远不能恢复到从前的样子。你发怒生气时说的话，就像这些钉子一样留下疤痕。如果你捅了别人一刀，不管你说了多少次对不起，那个伤口将永远存在。那种伤害就像真实的伤痛一样，令人无法承受。"

有感而发

在我写的一本关于智商与情商的书中也讲了这个故事。

什么是情商？衡量情绪、情感的尺度，对待情绪、情感的态度，控制情绪、情感的能力。

美国哈佛大学的心理学教授丹尼尔·戈尔曼认为，情商有五种能力：第一，认识自身情绪的能力；第二，妥善管理情绪的能力；第三，自我激励的能力；第四，认识他人情绪的能力；第五，人际关系的处理能力。

管控自己的情绪很重要，情绪失控，往往会坏事，甚至会坏大事；情绪失控，会极大地破坏人际关系。

怎样控制自己的情绪，这是情商最重要的部分。

管控情绪的方法很多，上面这个故事，就是其中的一个。

通过钉钉子、拔钉子、数钉子眼的方法，最终能够渐渐地使自己的情绪得到控制。

81 招聘中层管理者

一家外国的公司，要招聘中层管理人员。

100 多人应聘，初试后入选 9 人，老总亲自主持复试。

9 人的材料和初试成绩都很好，但最后只能录取 3 人。

老总出的最后一道题：将 9 人随机分成一、二、三组，第一组 3 人调查本市妇女用品市场；第二组 3 人调查本市婴儿用品市场；第三组 3 人调查本市老人用品市场。

要求：录用开发市场的人才，对市场有敏锐的观察力，对你调查的新行业有适应能力，每组成员要全力以赴，可到秘书处领取相关行业的资料。

3 天后，9 人都把自己的分析报告交给了老总。老总看完后，走到第三组的 3 个人面前，一一握手，表示祝贺："你们 3 人被录取了。"

大家疑惑：为什么？

老总解释：请大家打开秘书给你们的资料相互看看，每一个得到的资料都不一样。

第一组 3 人，3 份材料：本市妇女用品市场过去分析，本市妇女用品市场现在分析，本市妇女用品市场将来分析。

第二组 3 人，3 份材料：本市婴儿用品市场过去分析，本市婴儿用品市场现在分析，本市婴儿用品市场将来分析。

第三组3人，3份材料：本市老人用品市场过去分析，本市老人用品市场现在分析，本市老人用品市场将来分析。

分析：

第三组3个人，互相借用了对方的资料，补全了自己的分析报告；第一、第二两组的6个人，分别行事，抛开队友，自己做自己的。

结论：考试的目的在于考察团队合作意识。

有感而发

"团队合作精神才是现代企业成功的保障。"

其实，团队合作精神不仅仅对企业发展有重大作用，一切的成功，都要靠团队合作。

再有本事的人，不可能本事大到什么都是自己去做，更不可能自己都能做好。而且，每个人的能力、精力、时间都是有限的，都有自己的短处，不可能把所有的事情都做完、做好。

通过合作，相互帮助，取长补短，能够完成单个人不能达成的目标，取得单个人不能取得的成果。

这是一个很简单、很深刻的道理。

82 纪晓岚对"俄人"

有关于纪晓岚的故事很多。

纪晓岚知识面很广，而且幽默机敏。他可以按照对方的套路来惩治对方，令对方有口难言，深有"搬起石头砸自己的脚"的挫败感。

有一次，一位俄国使臣求见，他十分精通汉语，乾隆传令召见。俄人行礼后对乾隆道："陛下，外臣今有一上联，求对于贵国大臣，冀七日内回复。若果，外臣不胜感激！"话虽说得很客气，但颇有藐视大清朝臣之意。

乾隆说："先生请出上联。"俄人故意拖长声调说："我俄人，骑奇马，张长弓，单戈成战；琴瑟琵琶八大王，王王在上！"

俄人言毕，君臣立时惊诧不已，真是好大的口气啊！俄人见此，心下甚是得意，便要告辞。

不料，纪晓岚向前挡住了俄人，说："且慢！吾目下即有一下联，何须先生七日再来？"纪晓岚大声说道："尔你人，袭龙衣，伪为人，合手即拿；魑魅魍魉四小鬼，鬼鬼在边！"

乾隆一听，顿时哈哈大笑，众朝臣也跟着大笑起来。而那俄人哑口无言，呆望了纪晓岚好久才垂首退去。

我在《幽默：技巧与故事》一书中引用了这个故事。

纪晓岚，又名纪昀，清代的政治家、文学家。曾担任多个级别很高的官职，曾任《四库全书》总纂修官。

纪昀学宗汉儒，博览群书，工诗及骈文，尤长于考评训诂。任官 50 多年，年轻时才华横溢、血气方刚。

电视剧《铁齿铜牙纪晓岚》，张国立把他演活了。

纪晓岚知识渊博，口才好，而且机敏异常，反应力极强，还很幽默。可以说，既有大才，又有大智。

民间留下了关于纪晓岚的很多趣事，特别是他与和珅斗嘴的故事，很是好笑。有一个故事是这样的：

传说和珅建了一座亭子，请纪昀题写横额。纪昀挥毫写了两个大字"竹苞"。竹苞，竹笋也，出自《诗经》，是形容事物如雨后春笋一样破土而出。和珅想，这是说我在仕途上飞黄腾达，于是，十分高兴。后来，乾隆探访，看到亭上大字，哈哈大笑，问是何人题写。和珅愣了愣，回答是纪昀。乾隆说，"竹"拆开是个个，"苞"拆开是"草包"，纪晓岚是骂你家"个个是草包"呢！

83 理发师带徒弟

有位理发师，带了个徒弟。徒弟学技3个月后，正式上岗。

这位刚出师的徒弟给第一位顾客理完发，顾客用镜子照照，说："头发留得太长了。"徒弟不知何言以对。师傅在一旁笑着解释："头发长，使你显得含蓄，这叫藏而不露，很符合你的身份。"顾客听罢，高兴而去。

徒弟给第二位顾客理完发，顾客照照镜子说："头发剪得太短了。"

徒弟无言回答。师傅笑着说："头发短，使你显得精神、朴实、厚道，让人感到亲切。"顾客听了，欣喜而去。

徒弟给第三位顾客理完发，顾客一边给钱一边说："花的时间长了点。"徒弟无言以对。师傅笑着解释："为首脑多花点时间很有必要，你没听说，'进门苍头秀士，出门白面书生'吗？"顾客听了，大笑而去。

徒弟给第四位顾客理完发，顾客一边付款一边说："动作挺利落，才几分钟就理完了。"徒弟不知所措，无言以对。师傅抢着说："现如今，时间就是金钱，顶上功夫，宜速战速决，为你赢得了时间和金钱，何乐而不为？"顾客听了，欢笑告辞。

晚上打烊，徒弟胆怯地问师傅："您为什么能处处为我把话说回来？"

师傅是这么说的："事物都有两面性，头理得长短有两面性，时间用得多少也有两面性；我向顾客解释好了，也是对你的一种鼓励。"徒弟很受感动。

有感而发

我在《幽默：技巧与故事》一书中引用了这个故事。

中国的语言非常丰富，在与人沟通交流中，如果能够有驾驭语言的艺术，有丰富的知识面，再加上针对不同的顾客，附上不同的语言，而且幽默风趣，顾客听了自然高兴，而且能消除误会、疑虑、责难和矛盾。

人们经常说，一句话能把人说跳起来，也能把人说笑起来，就是这个意思。

同时可见，最重要的幽默技巧，还在于语言的技巧。

君不见，谐趣的"谐"字，左边是"言"旁，右边是一个"皆"字，什么意思？谐趣者，尽皆"言语"也。

而且，要达到和谐的境界，也需要语言。

224 　　一个"和"字，左边是禾苗的"禾"，物质财富的意思，也就是指和谐之和，首先要有一定的物质基础，要把财富的关系处理好。其次，要动口，"和"字的右边是一个"口"字。不和者口也，是非皆因多开口。这当然是语言之和与不和。

　　一个"谐"字，左边是一个"言"，右边是一个"皆"，人人皆言，就能"和谐"。同时，也可以看出，"谐"也来自语言。

　　一个理发师傅能有如此高深巧妙的语言艺术，而且能如此幽默风趣，倒也十分难得。

84 特殊礼物

张三和李四是很要好的朋友。

张三快过生日了，李四说："我要来看你，我送你一只鸡作为生日的礼物。"

张三生日那天，李四果然去了，带去的是一个鸡蛋。李四对张三说："这是我送给你的生日礼物——一只鸡，只是这只鸡嫩了点。"

李四快过生日了，张三说："我要来看你，我送你竹笋子，竹笋子做菜可好吃啦。"

李四生日那天，张三果然去了，带去的是一根竹子。张三对李四说："这是我送给你的生日礼物——竹笋子，只是这竹笋子老了点。"

有感而发

我在《幽默：技巧与故事》一书中引用了这个故事。

其实这也是一个笑话而已，在日常生活中，很少有这样送礼的。

但是，从张三和李四送礼物的语言表达中，也可以看出中国的语言有多么的丰富，还看出了张三和李四都有一定的幽默感。虽然他们都有点"损"和以其人之道还治其人之身的不恰当做法外，倒也有点找乐子的感觉，也许他们本身就是好朋友，这样做也是一种戏谑好玩罢了。

从另一个方面看，事物总有两面性，而且，超过一定的度，事物就会发生质的变化，也许就不是原来的事物本身了。

鸡与鸡蛋，虽然有直接相关的联系，但是，鸡蛋也不是鸡；同样的，竹子与笋子也是有直接联系的，但是，笋子与竹子它们也并不是一回事。

85 皇上与纪晓岚问答

关于纪晓岚的故事，还有很多，其中一个故事是这样的。

皇帝乾隆对纪晓岚说："纪爱卿，人都说你有急智与文才，朕要考考你，看看你是否浪得虚名。朕每讲一句话，你来给朕对一句诗，对得上则重重有赏，对不上则二罪俱罚！"

于是乾隆说道："昨天夜里娘娘生了一个孩子！"纪晓岚不假思索地对道："昨夜后宫降真龙。"

乾隆又说："是个女孩子。"

纪晓岚又对："月里嫦娥下九重。"

乾隆说："可惜刚生下来就夭折了！"

纪晓岚张口就来："天上人间留不住！"

乾隆说："你知道是怎么死的吗？是掉尿盆里淹死的！"

他一边说一边心想，看你怎么对上来！

这下乾隆满以为可以难倒纪晓岚，群臣也都为纪晓岚担足了心。没想到纪晓岚略加思索后，说道："昨夜后宫降真龙，月里嫦娥下九重；天上人间留不住。"

乾隆接口："掉尿盆里淹死怎么对？"

纪晓岚说："翻身跳入水晶宫！"

有感而发

　　纪晓岚文采飞扬，而且反应极快，往往能急中生智，化险为夷、遇难呈祥。

　　诗和对联都是纪晓岚的强项，在民间留下了许许多多佳话。而且，纪晓岚很是幽默，这也是他大智慧的表现。

　　不要看纪晓岚经常脱口而出，妙语连珠，好像"得来全不费工夫"，其实，这与纪晓岚平时极爱读书学习有很大的关系。平时学习努力用功，知识渊博，学富五车，一到用之时，便口若悬河，"飞流直下三千尺"了。

　　如同表演节目，台上一分钟，台下十年功，就是这个道理。

86 和尚庙里卖木梳

一家公司，要招聘一名营销经理，在几十名应聘者初试、中试后，选了三人。应该说这三人都不错，基本条件都具备。最后的考试由老总亲自进行。老总为三个人出了一道题，让这三个人分别到和尚庙里去卖木梳，卖得多的人为胜，胜者将被公司录用。要求：第一，只能在和尚庙里去卖；第二，时间为三天。

三天过去了，三个人分别回来交差。

第一个人卖了1把。

第二个人卖了10把。

第三个人卖了100把，而且还要求订更多的梳子。

当然是第三个被录取了。

三个人分别谈了他们卖木梳的经历。

第一个人到了一个和尚庙，向和尚们说明来意。和尚们都恨他，有的甚至还要打他，说：明明知道我们和尚没有头发，还要来推销木梳，这不是来奚落我们吗？于是，三天里，他跑了一个又一个和尚庙，结果完全一样。一直到最后一天的下午，眼看三天的期限到了，他只得哀求方丈，请他大发慈悲，一定要买一把。这不，就卖了这一把。

第二个人到了一个和尚庙，情况与第一个人一样；接着跑了第二个、第三个和尚庙，情况也是一般无二。于是，他想，再跑多少和尚庙都是一样的，只好灰心地往山下走（和尚庙大多建在山上）。只见上山烧香拜佛的人，山风吹来，头发乱了，于是，他计上心来，拿上梳子到了庙门口，对去烧香拜佛的人说，头发乱了，对佛祖不敬，烧香拜佛会不灵的，买一把梳子去梳一下头发才好。于是，就这样卖出去了 10 把。

第三个人跑了三个和尚庙后，结果都与前两人的一样。他想，再跑多少，结果都是一样的。于是，他在庙里转来转去，看见一个个烧香拜佛的人烧完香、拜完佛后，还随喜功德，捐了一些香油钱，接着就出庙下山走了。于是，他也计上心来，找到了方丈，对方丈说：人家烧香拜佛的人，捐了香油钱，来而不往非礼也，庙里面也应该送点什么东西给别人。送什么呢？建议送木梳，木梳上再写一句祝福的话。方丈觉得有道理，于是订了 100 把，还要求今天追加。

有感而发

　　到和尚庙里去卖木梳，这看来是一个很荒唐的命题，一般的人都会认为办不到。其实，应聘的这三个人都办到了，只不过第三个人办得更好而已。

　　这三个应聘者都有一定的创意，都超出了一般人想象而进行推销。

　　第三个人之所以成绩更突出，主要是他的思维更创新。

　　思路决定出路。创新的思路一旦实施，就能产生创新性的效果，把很多看似办不到的事情办到，甚至办得更好。

87 父亲与儿子的沟通

一位父亲是美国一个超市的老板，他与儿子之间的谈话基本上是批评，儿子也不愿意与父亲沟通。

后来，儿子负责主管其中一家超市。有一天，父亲去儿子店里视察时，发现这家店竟然在儿子手中扭亏为盈，越来越多的顾客愿意到这家店里来买东西，也喜欢他的儿子。

父亲非常佩服儿子的能力，把他叫到一边说："你做得太好了，吸引来这么多的顾客。没有人能比你做得更好。"

没有想到，高大的儿子听了父亲的称赞后，竟然流下了眼泪，他对父亲说："爸爸，您从来没有称赞过我，我很高兴你对我有这样的评价。"

后来，这位父亲对别人说："这是儿子长大后，我与他第一次真正的沟通。"

有感而发

父母与儿女的沟通应该怎样进行，特别是与成年后的儿女的沟通该怎样进行。两代人的沟通，有天然的代沟。两代人的价值观、兴趣爱好不同，对同一事物、同一人及其行为的看法不同，甚至大相径庭。这样，就产生了"沟"，即误会、分歧、纠纷、矛盾、冲突。

沟通的本质是求同存异，求大同，存小异；不能完全求同时，就缩小差异，保留差异，或者是不至于让差异继续扩大而不可收拾。

父母与儿女的沟通，一方面，儿女要在尊重父母的前提下进行，除了原则性的问题，不存在多少、对与不对的问题，无论哪一方，对了也不一定就能沟通成功。另一方面，要相互了解后，沟通成功的概率更大。再有，在沟通中尽量找共同点，并将其扩大，忽略或放弃一些不同点。另外，多欣赏对方，特别是父母多欣赏儿女，有一点成绩就要肯定、多肯定。

88 楷树与模树

古代有一种树叫楷树，相传这种树最早长在孔子墓旁。该树树身挺拔，枝繁叶茂，巍然矗立，似为众树生长的榜样，众树皆想像楷树那样长成好树。

古代有一种树叫模树，树叶随季节变动。春季绿油油，夏天赤红如血，秋天变白，冬天变黑，因其颜色光泽纯正，"不染尘俗"，亦为诸树之楷模，相传此树最早生长在周公的墓旁。

这两种树分别被称为"楷"和"模"，加之楷树生长在留名千古的孔圣人墓旁；模树生长在先智先哲的周公墓旁，以树喻人，故一般称品德高尚，可以作为榜样的人为楷模。

有感而发

有道是，"榜样的力量是无穷的！"

当领导的要给部下树立榜样；当老师的要给学生树立榜样；当父母的要给儿女树立榜样。俗话说得好，"上梁不正下梁歪，下梁歪了倒下来。"

这里的上梁正，就要学楷树和模树一样，"树身挺拔，枝繁叶茂，巍然矗立，似为众树生长的榜样，皆想像楷树那样长成好树"；模树"颜色光泽纯正，不染尘俗"，它们亦为诸树之楷模。

同样的，领导、老师、父母，都要做部下、学生、儿女的楷模，品德高尚，行为端正，部下、学生和儿女才服气，才可能向好领导、好老师、好父母学习。

89 绅士与穷孩子

18世纪英国有一位有钱的绅士，一天深夜，他走在回家的路上，被一个蓬头垢面、衣衫褴褛的小男孩拦住了。"先生，请您买一包火柴吧。"小男孩说道。

"我不买，"绅士回答说。说着说着，那位绅士躲开小男孩继续走。

"先生，请您买一包吧，我今天还什么东西也没有吃呢！"小男孩追上来说。

绅士看到躲不开男孩，便说："可是我没有零钱呀。"

"先生，您先拿上火柴，我去给您换零钱。"说完，男孩拿着绅士给的一英镑快步跑走了。

绅士等了很久，男孩仍然没有回来，绅士无可奈何地回家了。

第二天，绅士正在自己的办公室工作，仆人报告说来了一个男孩要求面见绅士。于是，男孩被叫了进来，这个男孩比卖火柴的男孩矮了一些，穿得更破烂。

"对不起，先生，我的哥哥让我把零钱给您送来。"

"您的哥哥呢？"绅士问道。

"我的哥哥在换完零钱回来找您的路上，被马车撞成重伤了，在家躺着呢。"

绅士深深地被小男孩的诚信所感动，"走，我们去看看你的哥哥！"

去到男孩的家一看，两个男孩的养母坐在受重伤的男孩旁边。一见到绅士，男孩连忙说："对不起，我没有按时把零钱送回去，失信了！"

绅士却被男孩的诚信深深打动了。当他了解到两个男孩的生父、生母都双亡时，毅然决定把他们生活的一切费用都承担下来。

有感而发

显然，这是一个关于诚信的感人故事。

我在 2016 年出版的演讲光盘《私人财富管理》（重庆大学电子音像出版社出版）中讲了这个故事。

在光盘中，我讲了五大重点财富：第一，诚信是财富；第二，财物是财富；第三，家庭关系是财富；第四，儿孙是财富；第五，身心健康是财富。

238   一个人、一个组织、一个民族、一个社会，都应该讲诚信。讲了诚信，没有财富，也会滚滚而来；不讲诚信，有了财富，也可能会付之东流。

在中国的传统文化中，诚信的地位很高。《论语》中讲到诚信的，大约就有 109 次之多。

今天，我们要努力学习和践行社会主义核心价值观，而在个人的价值观中，诚信就是最重要的价值观。

上面的故事中，小孩子虽然穷，但他很诚信，所以感动了绅士，最终得到了好报。

90　风水好不好

有一个人，请了个风水先生去看风水。在去往他家墓地的途中，远远看到他家墓地的方向鸟雀纷飞，惊慌失措。

于是，他告诉风水先生："咱们回去吧，这个时候鸟雀纷飞，肯定有小孩要在树上摘杏呢，我们去了，惊扰他们事小，失手跌落下来事就大了。"

这位风水先生听了这番话，对请他看风水的人说："你家风水不用看了，就你们这样的人家，干什么都会顺顺当当。"

请他看风水的人很奇怪，就问风水先生为什么。

风水先生告诉他："你不知道吗，人间最好的风水是人品。"

有感而发

我在"中华传统文化之处世哲学"的演讲中讲了这个故事。

处世哲学是一门既高深又浅显的学问。

我在演讲中，向听众问了一个问题：处世哲学的第一

240　要义是什么？为人！人们不是经常说："为人处世"吗？不会为人，怎能处世？

　　怎样才能为人？第一位就是人品。

　　怎样才算人品好？没有一个人，会说自己的人品不好！但是，走在斑马线面前、在会场上听报告、在职场的本职工作中、在旅游的过程中，一个人的人品自然而然地会不经意地流露出来。

　　而一个人的人品中，诚信又是第一位。人品还会有其他很多方面，比如，善良就是人品中的人品。而善良，特别是要对别人善良，替别人着想。

　　上面的那个故事中，那位请人看风水的先生，显然是一个善良的人，是一个能够替他人着想的人，是一个人品好的人，当然也就是一个很会为人的人，也必然是一个能够处世很好的人。

91 一条腿的鸭子

有一个餐馆，招牌菜是烤鸭，远近闻名。

餐馆老总姓刘，烤鸭师傅姓王。

王师傅在餐馆工作了 10 多年，走在街上，街民、食客们都称赞王师傅的烤鸭好吃，给他竖大拇指，为他鼓掌。

有一天，刘总招待几位贵宾，让贵宾点菜，贵宾们主要点了烤鸭。

刘总叫来王师傅，当着众人的面对王师傅说："王师傅，这些女士、先生都是我的贵宾。你今天拿出绝活，烤三只全鸭，特别是鸭腿要烤得好一点。"

王师傅满口答应。

一会儿工夫，三只烤全鸭端上来，香味扑鼻，香气怡人。贵宾们忙着准备享受美味。

一位女士突然说："大家且慢吃烤鸭！"

众贵宾不解，问为什么且慢。

这位女士说："你们看，太怪异了！刘总让上三只烤全鸭，但是,这三只全鸭每只鸭子却只有一条腿。刘总,您给解释一下。"

刘总说:"我还没注意。王师傅,你来给大家解释一下。"

王师傅应声而至,对刘总和众贵宾说:"因为我们当地的鸭子就这品种,它只长一条腿。所以,烤出来的全鸭也只有一条腿。"

众贵宾和刘总都不相信。于是,王师傅带领刘总和众贵宾到餐馆外面去看活着的一条腿鸭子。

大家来到餐馆外面,太阳底下、树荫下,一群鸭子在乘凉,每只鸭子都把一条腿收起来,只剩下一条腿站着。

王师傅对众人说:"你们看啦,我们当地鸭子的品种都是长的一条腿,所以,烤出来的全鸭也只有一条腿。"

众贵宾说:"对了对了,今天长见识了。"

刘总知道这是忽悠人的,就对着这群鸭子拍掌了几下,嘴里直叫"呵嘘!"这几只鸭子们受惊纷纷跑起来。

见此状,刘总对王师傅说:"王师傅,它们怎么是两条腿的?而你烤全鸭怎么只有一条腿?怎么解释?"

王师傅说:"尊敬的刘总,您刚才在给鸭子们鼓掌,鸭子们的一条腿就变成两条腿了。而我在贵店烤鸭10多年,您从来没有给我鼓过掌,所以,烤全鸭也只有一条腿了。"

有感而发

我在做人力资源管理中的激励管理的演讲时，多次讲过这个故事。

领导对部下、老师对学生、父母对孩子，要多用激励的方法。在一个企业里，也要多用激励管理，所谓管理管理，管到高深之处是激励。

如同上面这个故事，酒店的老总从来没有对王师傅鼓掌过，没有表扬过，无论王师傅的鸭子烤得好不好。所以，王师傅的烤鸭，就成了只有一条腿。

在实际工作中，不一定真的都是一条腿，但是，员工没有受到激励，可能会使本职工作达不到应有的水平，因为员工的潜能可能没有最大限度地被激发出来。

激励得好，可以调动被激励者的积极性、主动性和创造性，可以激发员工的最大的潜能，从而很好地实现组织的目标。

一个好的领导者、管理者，就要很好地运用激励的功能，让被激励者从"一条腿变成两条腿"。

92 三八二十几？

很早以前，一个镇子里，一位肉铺老板见一位年轻人来买肉，便问道："小伙子，买肉吗？"

"嗯啦！"

"买多少？"

"多少钱一斤？"

"八元钱一斤。"

小伙子一算自己的钱，说："买三斤。"

老板剁完肉，包给了小伙子，要小伙子付钱。小伙子把钱递了上去。肉铺老板一数，对小伙子说："还差一元。"

小伙子说："三八二十三，我不是给了你二十三元钱了吗？"

"你怎么不识数，明明是三八二十四。"

"三八二十三！"

"三八二十四！"

二人争起来了，谁也说服不了谁。

正好过来一个小和尚，肉铺老板让小和尚给评一评，到底是三八二十三还是三八二十四。

小和尚不假思索地说："我敢用我这最漂亮的帽子担保，三八二十四！"

小伙子说："我敢用我的人头担保，三八二十三！"

还是谁也说服不了谁！

围观的人建议，找一个当地德高望重的人来评一评，一锤定音！

正好过来一位老和尚，他是当地德高望重的人！

老和尚把前因后果了解清楚后，对众人说："三八二十三！"

众人听了惊愕，一片嘘声！肉铺老板也无可奈何！

小伙子交了二十三元钱，拿走三斤肉的同时，顺便把小和尚的帽子也拿走了："这是我赢的！"

肉铺老板和围观的人都非常憎恨老和尚，说："赶紧走，什么德高望重！我们这里不欢迎你！"

在离开小镇的路上，小和尚问老和尚："师父，您教我们做人诚实，今天您怎么这样呢？害得我丢了一顶可爱的帽子！"

老和尚说："小和尚，你当真认为我连三八二十三还是三八二十四都不知道吗？我要说三八二十四，人家可是要输掉脑袋呢！"

有感而发

央视《百家讲坛》一位很知名的女性演讲者在一个重要的文化会议上讲过这个故事。

这个故事，在不同的场合可以进行相同的演讲，但是，对这个故事的理解和解读就有很大的不同了。

在西方发达国家，许多人理解为：必须坚持真理，必须坚持原则，哪怕说三八二十四，让买肉的小伙子丢掉性命也要坚持原则。而老和尚不坚持真理与原则，是很不对的。

在我们国家，会有不少人从中国的传统文化来看这个问题，认为如果坚持三八二十四，那个小伙子就要丢掉性命。而是否丢掉性命，那才是第一位的。但也有不少人认为，中国的传统文化也不能不坚持真理和原则。

显然，大家对这个故事的解读和理解，分歧是很大的。

93 小和尚卖石头

一天，一个小和尚跑过来，请教禅师："师父，我人生最大的价值是什么？"

禅师说："你到后花园搬一块大石头，拿到菜市场去卖，假如有人问价，你不要说话，只伸出两个手指头；假如他跟你还价，你不要卖，把石头抱回来，师父再告诉你人生最大的价值是什么。"

第二天一大早，小和尚抱块大石头，到菜市场去卖。菜市场上人来人往，人们很好奇，一家庭主妇走过来，问："石头多少钱卖呀？"

小和尚伸出了两个手指头，主妇说："2元钱？"和尚摇摇头，主妇说："那么是20元？好吧，好吧！我刚好拿回去压酸菜。"

小和尚听后一想："我的妈呀，一文不值的石头，居然有人出20元钱来买！我们山上有的是呢！"

于是小和尚没有卖，把石头抱了回去，乐呵呵地去见师父："师父、师父，今天有一个家庭主妇愿意出20元钱买我的石头。师父，您现在可以告诉我，我人生最大的价值是什么了吗？"

禅师说："嗯，不急，你明天一早再把这块石头拿到博物馆去，假如有人问价，你依然伸出两个指头；如果还价，你不要卖，再抱回来，我们再谈。"

第二天一早，在博物馆里，一群好奇的人围观，窃窃私语："一块普通的石头，有什么价值值得摆在博物馆里？""既然这块石头摆在博物馆里，那一定有它的价值，只是我们不知道而已。"

这时，有一个人从人群中窜出来，冲着小和尚大声说："小和尚，你这块石头多少钱卖？"小和尚没有出声，伸出两个手指头，那个人说："200元？"小和尚摇了摇头，那个人说："2 000元就2 000元吧，刚好我要用它雕刻一尊神像。"小和尚听到这里，倒退了一步，非常惊讶！

他仍然遵照师父的嘱托，把这块石头抱回了山上，去见师父："师父，今天有人出2 000元买我这块石头，这回您总要告诉我，我人生最大的价值是什么了吧？"

禅师哈哈大笑，说："你明天再把这块石头拿到古董店去卖，照例有人还价，你就把它抱回来。这一次，师父一定告诉你，你人生最大的价值是什么。"

第三天一早，小和尚又抱着那块大石头来到了古董店，仍然有一些人围观，有一些人谈论："这是什么石头啊？是做什么用的呢？"

终于有一个人过来问价："小和尚，你这块石头多少钱卖啊？"小和尚仍然不语，伸出了两个指头。"20 000元？"

小和尚睁大眼睛，张大嘴巴，惊讶地大叫一声："啊？"那位客人以为自己出价太低，气坏了小和尚，立刻纠正说："不！不！不！我说错了，我是要给你200 000元！"小和尚听到这里，立刻抱起石头，飞奔回山去见师父，气喘吁吁地说："师父，师父，这下我们可发达了，今天的施主出价200 000元买我们的石头！现在您总可以告诉我，人生最大的价值是什么了吧？"

禅师摸摸小和尚的头，慈爱地说："孩子啊，你人生最大的价值就好像这块石头，要看把自己摆在哪里呀！"

有感而发

有道是，位置决定价值。

就像上面的那一块很普通的石头，把它放在不同的地方，它的价值就完全不同。

一瓶普通的红葡萄酒，放在一般的商店里，也就300～500元钱，但是，如果把它放到迪拜那个7星级酒店，还是这瓶红葡萄酒，可能要值1 500元。

一个人，一个职场中的员工，要让自己有价值，就要把自己放到不同的位置上去。如果努力争取把自己放到了

250　　经理的位置，你的价值可能就是经理的价值。经理争取把自己放在老总的位置，那这位经理可能就有了老总的价值。

　　但是，每位员工不可能都当经理，也不可能每位经理都能当老总，那他们的价值怎样才能体现、才能提升呢？作为员工来说，就用经理的标准来严格要求自己，经理就用老总的标准来要求自己，这样的话，员工也就具备了经理的价值，经理就具备了老总的价值。

　　平台不同，定位不同，努力不同，人生的价值就会截然不同！

94 总统与乞丐

一位总统带着孙子散步，有个乞丐向他鞠躬敬礼，总统马上驻足还礼，而且弯腰更深。孙子不解："他只是个乞丐啊！"

总统回答："我绝不允许一个乞丐比总统更有礼貌！不要以为别人尊敬你，是因为你很优秀，其实别人尊敬你，是因为别人很优秀，优秀的人对谁都尊敬。"

有感而发

礼貌和尊重象征的是一个人的境界和修为，也是一个人的素质与素养。

人的境界、修为、素质、素养是内在的，看不见摸不着，但它们会外化，会在一个人的言行中不经意地流露出来。

对人要尊重，要无条件地尊重。

特别是地位高的人，权力大的人，要尊重地位比自己低、权力比自己小的人；有钱的人，要尊重那些比自己金钱少的人，甚至是少得多的人，甚至是穷人，哪怕他是一名乞丐，如同上面这个故事。

这样，尊重别人的人，才能得到别人的尊重。

敬人者，人恒敬之！

95 苏东坡、王安石与宋神宗

北宋大文豪苏东坡到大相国寺拜访他的好友佛印和尚，恰值佛印外出，苏东坡就在禅房住下，无意中看到禅房墙壁上留有一首佛印的诗。其诗云："酒色财气四堵墙，人人都在里面藏。谁能跳出圈外头，不活百岁寿也长。"

苏东坡看后，另有所思，就提起笔来在佛印的诗旁边附和了一首，他写的是："饮酒不醉是英豪，恋色不迷最为高。不义之财不可取，有气不生气自消。"

写完后，苏东坡次日就离去了。

又一日，宋神宗赵顼在王安石的陪同下，来到大相国寺游览。他们看到了佛印和苏东坡的题诗，感到颇为有趣，神宗就对王安石说："爱卿，你何不和上一首？"

王安石何等高才，随即应命，挥毫泼墨，写道："无酒不成礼仪，无色路断人稀。无财民不奋发，无气国无生机。"

宋神宗大为赞赏也乘兴题了一首，他写的是："酒助礼乐社稷康，色育生灵重纲常。财足粮丰家国盛，气凝太极定阴阳。"

有感而发

诗人所处的立场和地位不同，对于同样的酒色财气四种事物就产生了截然不同的评价。

佛印和尚的诗从证悟佛家的空性来谈，提倡完全与酒色财气相绝缘，是佛家的出世思路，是内圣之法。

苏东坡的诗强调对酒色财气关键是把握好一个度，讲究中庸之道。他是从儒家个人修身方面来谈的，也属于内圣之法。

王安石和宋神宗则从酒色财气对国家社稷的正面作用来谈，肯定了酒色财气中所蕴含的积极因素，一个是贤相的境界，一个是王者的格局，都属于外王之道。

不要说诗，对同一人、同一事、同一物，不同的人，职业不同、兴趣爱好不同、价值观不同，看法也是不同的。

96　我要买上帝

一个小男孩捏着一美元，沿街一家一家商店去询问："请问您这儿有上帝卖吗？"

店主要么说没有，要么嫌他在捣乱，不由分说地把他撵出了店门。

天快黑时，第二十九家商店的店主热情地接待了男孩。

老板是个六十多岁的老头，满头银发，慈眉善目，他笑眯眯地问男孩："告诉我，孩子，你买上帝干吗？"

男孩流着泪告诉老头，他叫邦尼，父母很早就去世了，他是被叔叔帕特鲁普抚养大的。

叔叔是个建筑工人，前不久从脚手架上摔了下来，至今昏迷不醒。医生说，只有上帝才能救他。

邦尼想，上帝一定是种非常奇妙的东西，我把上帝买回来，让叔叔吃了，伤就会好。

老头听后，眼圈湿润了，问小男孩："你有多少钱？"

"一美元。"

"孩子，上帝的价格正好是一美元呢！"老头从货架上拿了瓶"上帝之吻"牌饮料给邦尼，说："拿去吧，孩子，你叔叔喝了这瓶'上帝'，就没事了。"

邦尼喜出望外，将饮料抱在怀里，兴冲冲地回到了医院。一进病房，他就开心地叫道："叔叔，我把上帝买回来了，您很快就会好起来！"

几天之后，一个由顶尖医学专家组成的医疗小组来到医院，对帕特鲁普进行会诊。他们采用世界上最先进的医疗技术，终于治好了帕特鲁普的伤。帕特鲁普出院时，看到医疗费账单上那个天文数字，差点吓昏过去。

可院方告诉他，有个老头帮他把钱付清了。那个老头是一位亿万富翁，从一家跨国公司董事长的位置上退下来后，隐居在本市，开了个杂货店打发时光。那个医疗小组就是老头花重金聘请来的。

帕特鲁普激动不已，他立即和邦尼去感谢老头。可是，老头已经把杂货店卖掉，出国旅游去了。

有感而发

小孩要买上帝，这听起来很荒唐、很好笑，但把这个故事看完后，却是很感人的。

小孩并不知道其实没有上帝，也不知道上帝并不是用钱能够买到的。

那么，小孩为什么要买上帝呢？因为他听说买了上帝后，上帝能救亲人的命。小孩的心灵，是幼稚的，但同时也是善良的，他只想买上帝去帮助人、救人！

按无神论的观点，没有上帝，上帝当然就不可能买到，当然也就不可能把亲人的病治好。

其实，这时，有无神、有无上帝已经不重要了，只要心地善良，只要尽心行善，就会感动上帝。这个故事里的小孩不就感动了真正的上帝了吗？

毛主席在《愚公移山》一文中就讲了，愚公子子孙孙挖山不止的精神不就感动了两个神仙，他们下凡把太行山、王屋山给背走了吗！

97　知音可觅

俞伯牙善于演奏，钟子期善于欣赏。伯牙视子期为知音，也是唯一的知音。

伯牙弹琴的时候，心里想到高山，子期说，好啊！这琴声简直就像巍峨的泰山屹立在我的面前。

伯牙弹琴的时候，心里想到流水，子期又说，好啊！这琴声宛如奔腾不息的江河从我心中流过。

伯牙弹琴时，不管伯牙心里想什么，子期都能准确地道出他的心意。

后来钟子期因病亡故，伯牙悲痛万分，认为世界再无知音，天下再不会有人像钟子期一样体会自己演奏的意境。所以，就"破琴绝弦"，把自己最心爱的琴摔碎了，终身不再弹琴了。

后来，《高山流水》，成了中国十大古曲之一。再后来的《高山流水》，不仅仅是神曲，更是比喻知己或知音。后世分为《高山》《流水》二曲。

有感而发

　　这个故事也是很早就听说过：先秦的琴师伯牙一次在荒山野地弹琴，樵夫钟子期竟能领会琴曲是描绘"峨峨兮若泰山"和"洋洋兮若江河"。伯牙惊道："善哉，子之心与吾心同。"

　　相传《高山》《流水》本为一曲，即《高山流水》，到了唐代才分为两曲。相传就是伯牙所作，言其志在高山，仁者之乐也；志在流水，智者之乐也。

　　现代之人，一提到高山流水，首先想到的是名曲、古曲；同时也会想到伯牙、子期；更会想到知己、知音。

　　我抽时间把陈璨弹奏的古琴曲《流水》静静地听了几遍。我虽然不是子期之于伯牙那样的知音，也无法评价陈璨的演奏艺术水平，但是，我曾经是涪陵县第六中学的宣传队队长，主要是搞乐器的，也算略通音律，所以，我听陈璨演奏的《流水》古曲，听得神魂入窍，神形喜乐！

　　我理解《流水》虽不如子期，但我听《流水》倒也想到了伯牙与子期的知音之缘！

　　人之友，无论见没见过面，是面友还是网友，可分为朋友、好友、挚友；熟知者又可分为知己、知心、知音。

　　朋友的"朋"字，有两个"月"字，这说明两个心底无私、透明如月的人，才能成为真正的友。

而挚友则是能共赴患难，甚至两肋插刀的人。

恩德相结者，谓之知己；腹心相照者，谓之知心；声气相求者，谓之知音。

有人说了：相识满天下，知音能几人？朋友隔千里，一弦便知音。

有学者说：世上如俞伯牙与钟子期，陆抗与羊祜这样的肝胆相照的知音毕竟是稀少的。

孟浩然长叹："欲取鸣琴弹，恨无知音赏。"

岳飞午夜无眠长歌道："欲将心事付瑶琴，知音少，弦断有谁听。"

像苏轼那样的天纵奇才，可谓和唱者众多，他却自比孤鸿，写下了"拣尽寒枝不肯栖，寂寞沙洲冷。"

屈原忧国忧民，但朝廷中却无知音，赋完《离骚》，逐水而眠。

曹雪芹用血泪写成了《红楼梦》，最终泪尽而逝。难怪《红楼梦》的结束是一场无垠苍凉的大雪。

温瑞安在《神州奇侠》系列里于每位高手死时都说一句"人生好寂寞"。

越是杰出者越寂寞，自古英雄多寂寞。高处不胜寒，独孤要求败。

知音哪里来？不是金钱财富换来的，不是酒肉吃喝出来的，不是功名权位招来的，它是心与魂的相映、认同、互答、呼应、知道、读懂、理解、信任！懂你的作品，懂你的言行，懂你的苦衷，懂你的爱恨，懂你的成功，懂你的失败，懂你的心灵，懂你的魂！

其实，知音就是精神世界里的同路人。

人生难得一知己，千古知音最难觅。高山流水有神曲，而今巧遇知音人。

英豪难遇知音，寻常人儿，知音也是有的，是可觅得的。

我作了许多场演讲、出版了几百万字的作品，以文会友，见过、没有见过的人很多，也有认知、认可、认同的，也有了一些知识和精神的同路人。

有了这些知音般听众和读者，我固然欣喜，但我不会感谢上帝，我只衷心感谢知我、懂我的读者和听众！我能听到他们的心声！他们听了后、读了后，无形反馈的信息已经与我在思想上进行了有形的碰撞，升华了！

谢谢了，我敬爱的听众，读者！

98 猎人与野狼

古时候，有一猎人，扛着猎枪，上山打猎，把一群野狼赶到山洞里去了。山洞的洞口很小，猎人不敢进去，一进去，野狼就会把他咬死或咬伤。野狼也不敢出来，一出来，猎人就在洞口处用枪把它们干掉。

猎人与野狼在山洞内外僵持了一段时间，猎人受不了，他要去吃喝拉撒睡。但如果他一走，野狼就会从山洞里跑掉了，猎人就空追了。

猎人很聪明，把随身带去的野兽夹子放在洞口，就走了。

一个野兽夹子怎么够用？如果夹住一只狼，其他的狼不就跑掉了吗？但是，哪一只狼愿意舍身而救大家呢？

于是，这一群野狼在山洞里边展开了一天一夜的"学术讨论"。

第一个发言的是一只老狼，它说：你们看我，头发白了，身体弱了，我能出去受死吗？我们要向人类学习，尊老爱幼！

话音未落，掌声响起。一只幼狼发言：太好了，太好了，尊老爱幼！我是狼群最幼小的，我不能出去受死。

大家都赞成，老狼和小狼都需要保护，不能去受死。

　　第三个发言的是一只母狼，它说：人类不仅仅是尊老爱幼，还有保护妇女儿童的美德。你们看，我是一只"妇女狼"。再说了，我家里还有两只嗷嗷待哺的小狼崽，我出去受死，我家里的狼崽怎么办？

　　大家都赞成，"妇女狼"也是需要保护的。

　　第四个发言的是一只脚跛了的狼，他是这样说的：我提醒大家注意，人类还有保护残疾人的美德。我们要向人类学习，保护像我这样的残疾狼。

　　大家齐声说，残疾狼是必须保护的。

　　最后发言的是一只公狼，年轻、身强力壮。他说了：看来我是没有任何理由不出去受死救大家了。我不是老狼，不是幼狼，也不是"妇女狼"，更不是残疾狼。我是公狼，年轻、身强力壮，我理应出去受死救大家。

　　众狼们听了，一块石头落地了，大家都松了一口气，纷纷鼓掌。

　　最后发言的年轻公狼又说话了：且慢鼓掌！有一个问题大家要好好想一想，我们狼群里无论谁出去受死救大家，我们都会义愤填膺，都要为我们的狼英雄报仇。我们报仇的最好方式就是咬死猎人。但是，你看看你们，老的老、小的小、母的母、跛的跛，你们出去后，能够报什么仇？能够咬死猎人吗？只有我是公狼，年轻、身强力壮，我出去后才可能去报仇，咬死猎人。

　　半个月后，猎人从山洞里拖出了一群饿死了的狼。

有感而发

这几乎就是一个笑话。狼群怎么会开"学术讨论会"？

但是，我们冷静思考，想一想，这个寓言故事也是很有意思的。

在一个群体、在一个团队中，如果大家都不愿意吃亏、奉献、牺牲，这个群体就是一盘散沙，这个团队就没有凝聚力、战斗力。

团队精神的最高境界就是吃亏、奉献、牺牲。

如果要找理由不吃亏、不奉献、不牺牲，几乎每一个人都找得到，都可以找到借口。有人说，世界上最好找的不是找朋友，而是找借口。一旦大家为了一己私利，不顾大家的利益，都在找借口而推托、推辞、推卸，这个群体、这个团队就名存实亡，可能离灭亡就不远了。

99 曾子杀猪

曾子曾参的妻子到市场上去，她的儿子要跟着一起去，一边走，一边哭。妻子就对他儿子说："你回去，等我回来以后，杀猪给你吃。"

妻子从市场回来了，见曾子正要捉猪来杀，妻子拦住曾子说："那不过是跟小孩子说着玩的。"

曾子说："绝不可以跟小孩子说着玩。小孩本来不懂事，要照父母的样子学，现在你骗他，就是教孩子骗人。做妈妈的骗孩子，孩子不相信妈妈的话，那是不可能把孩子教好的。"

后来，曾子真的就把猪给杀了，给儿子吃猪肉。

有感而发

在我的《私人财富管理》演讲光盘中，我讲了五大私人财富，第一个就讲了诚信财富，在讲诚信财富时，就讲了这个故事。

曾子杀猪表明，一诺千金，一言九鼎；一言既出，驷马难追。

父母对孩子、领导对部下、老师对学生，都是如此。

还有类似的很多故事。比如人人尽知的故事："狼来了"，就是说假话害人害己的典型。

其实，"烽火戏诸侯"的故事，与"狼来了"的故事很相似。

西周时的周幽王，好美色，他见褒姒既美丽又能歌善舞，惊为天人，非常喜爱，马上立她为妃。褒姒虽然生得艳如桃花，却冷若冰霜，是一位冷美人，进宫之后从来没有笑过一次。幽王为了博得褒姒的开心一笑，想尽了一切办法，可是褒姒仍旧终日不笑。

为此，幽王竟然悬赏求计，谁能引得褒姒一笑，赏金千两。

有一佞臣替周幽王想了一个主意，提议用烽火台一试。

烽火本是古代敌寇侵犯时的紧急军事报警信号，诸侯见了烽火，知道京城告急，天子有难，必须起兵勤王，赶来救驾。诸侯辛苦劳累而来，却见周幽王和褒姒高坐台上饮酒作乐，周幽王派人告诉他们说：哥们儿几个，大家辛苦了，这儿没什么事，不过是大王和王妃放烽火取乐。诸侯们始知被戏弄，怀怨而回。

褒姒见千军万马招之即来，挥之即去，如同儿戏一般，觉得十分好玩，禁不住嫣然一笑。周幽王大喜，立刻赏佞臣千金。

周幽王为此数次戏弄诸侯们，诸侯们渐渐地再也不来了。

后来，敌兵真的来进攻了，幽王再点燃烽火，诸侯们都以为还是骗人的，不来了。周幽王当然也就完蛋了。

100 孟母三迁

孟子小时候，父亲早早地死去了，母亲守节没有改嫁。

有一次，住在墓地旁边的孟子就和邻居的小孩一起学着大人跪拜、哭号的样子，玩起办理丧事的游戏。

孟子的母亲看到了，皱起眉头：不行！我不能让我的孩子住在这里了！孟子的母亲就带着孟子搬到市集旁边去住。

到了市集，孟子又和邻居的小孩学起商人做生意的样子。一会儿鞠躬欢迎客人，一会儿招待客人，一会儿和客人讨价还价，表演得像极了！

孟子的母亲知道了，又皱皱眉头：这个地方也不适合我的孩子居住！于是，他们又搬家了。

这一次，他们搬到了学校附近。

孟子开始变得守秩序、懂礼貌、喜欢读书。

这个时候，孟子的母亲很满意地点着头说：这才是我的儿子应该住的地方呀！

有感而发

孟母三迁的故事有多个版本，但是，核心思想是一样的，就是小孟子家住在什么样的地方，就学会了什么地方的一些东西。

用今天的眼光看，不是说办理丧事就不是一种职业工作，也不是说在市集上做生意就不是一种职业工作，不是说只能到学校旁边读书才是正事。其实，我们更多理解到什么？

我在《育子三件宝》（重庆大学出版社出版）一书中讲到，父母教育孩子有三件宝：言传、身教、环境好。父母要给孩子营造一个什么样的成人成才环境很重要，甚至有人认为，从某种角度讲，这种"境教"，比言传、身教更重要。

一方面，是要有很好的家庭、家教、家风的环境。孩子的父母不要当着孩子的面赌博，比如打麻将和斗地主，这样对孩子的影响很不好。有的父母更不对，在赌博的时候，三缺一的时候，还叫孩子来凑个角儿。父母要营造优良的家风环境，特别是良好的学习环境。另一方面，社会环境、学校环境、工作环境等，对孩子的成长影响也是很大的。

图书在版编目(CIP)数据

静心悟道：100个故事的启迪 / 曾经主编；曾国平
撰文. -- 重庆：重庆大学出版社，2017.7（2023.10重印）
ISBN 978-7-5689-0677-7

Ⅰ. ①静… Ⅱ. ①曾… ②曾… Ⅲ. ①随笔—作品集
—中国—当代 Ⅳ. ①I267.1

中国版本图书馆CIP数据核字(2017)第173305号

静心悟道：100个故事的启迪

Jingxin Wudao:Yibaige Gushi De Qidi

曾　经　主编

曾国平　撰文

责任编辑：敬　京

责任校对：刘志刚

版式设计：尹　恒

重庆大学出版社出版发行

出版人：陈晓阳

社址：（401331）重庆市沙坪坝区大学城西路21号

网址：http://www.cqup.com.cn

重庆亘鑫印务有限公司印刷

开本：720mm×1020mm　1/16　印张：17.5　字数：154千
2017年8月第1版　　2023年10月第7次印刷
ISBN 978-7-5689-0677-7　　定价：42.00元